tascabili

DELLO STESSO AUTORE PRESSO LE NOSTRE EDIZIONI:

Il fuggiasco
La verità dell'Alligatore
Il mistero di Mangiabarche
Le irregolari
Nessuna cortesia all'uscita
Il corriere colombiano
Arrivederci amore, ciao
Il maestro di nodi
L'oscura immensità della morte
Niente, più niente al mondo
Nordest (con Marco Videtta)
La terra della mia anima
Cristiani di Allah
Perdas de Fogu (con i Mama Sabot)
L'amore del bandito

ALLA FINE
DI UN GIORNO NOIOSO

Massimo Carlotto

ALLA FINE
DI UN GIORNO NOIOSO

edizioni e/o

Edizioni e/o
via Camozzi, 1
00195 Roma
info@edizionieo.it
www.edizionieo.it

Copyright © 2011 by Edizioni e/o

Prima edizione Tascabili e/o marzo 2012
Prima ristampa Tascabili e/o maggio 2013

L'autore ringrazia Matteo Strukul e Marco Videtta

Altre notizie su Massimo Carlotto
e sui suoi libri nel sito:
www.massimocarlotto.it

Progetto grafico/Emanuele Ragnisco e Luca Dentale
Grafica/Emanuele Ragnisco
www.mekkanografici.com
Illustrazione in copertina/Igort

ISBN 978-88-7641-114-9

Ruby Rubacuori ce l'ha insegnato:
fottere i potenti non è reato
(scritto in blu su un muro di Padova)

I fatti e i personaggi rappresentati nella seguente opera e i nomi e i dialoghi ivi contenuti sono unicamente frutto dell'immaginazione e della libera espressione artistica dell'autore.

Ogni similitudine, riferimento o identificazione con fatti, persone, nomi o luoghi reali è puramente casuale e non intenzionale.

Alla fine di un giorno noioso l'avvocato, nonché onorevole della Repubblica, Sante Brianese entrò alla Nena con il suo solito passo deciso. Un attimo dopo apparvero sulla porta la segretaria e il portaborse. Ylenia e Nicola. Belli, eleganti, giovani, sorridenti. Sembravano usciti da una serie televisiva americana.

Era l'ora dell'aperitivo, un viavai continuo di gente, bicchieri e stuzzichini. All'esterno stufe a forma di fungo riscaldavano una fitta schiera di fumatori. Conoscevo quasi tutti. Avevo selezionato la clientela negli anni con pazienza certosina. Nel mio locale non giravano coca, troie e teste di cazzo e pagavo un tizio, che si era fottuto il cervello con gli anabolizzanti, per stare alla porta con discrezione e tenere alla larga venditori di fiori, accendini e mercanzia varia. Alla Nena entravi solo se avevi voglia di spendere il giusto per goderti un'atmosfera tranquilla, raffinata ma allo stesso tempo "frizzante e divertente". La mattina, dalle 8 alle 10, offrivamo tè pregiati, fragranti croissant e cappuccini con latte che arrivava direttamente da un paesino delle Dolomiti. Alle dodici spaccate l'aperitivo. Dalle 12.30 alle 13 il pranzo: leggero e dinamico per impiegati e professionisti, minimalista vegetariano per ciccione perennemente a dieta oppure luculliano, seppur rispettoso delle tradizioni venete, per rappresentanti e clienti non ossessionati dalla linea. L'aperitivo serale partiva alle 18.45 e la cena alle

19.30. Per i comuni mortali la cucina chiudeva alle 22.30. Per quelli come Brianese il locale era sempre aperto.

L'avvocato si sedette al solito tavolo e la sua cameriera preferita si affrettò a portargli il solito bicchiere di bollicine pregiate che da undici anni gli serviva gratuitamente. Poi, come sempre, i clienti si misero in fila per porgere gli omaggi di rito al loro eletto. Non tutti. Una volta non ci sarebbero state eccezioni, ma il suo partito rischiava seriamente di perdere le elezioni regionali a favore dei padanos, come venivano affettuosamente chiamati dai loro stessi alleati, e qualcuno stava già annunciando discretamente il passaggio ai futuri padroni. Brianese, con il solito sorriso stampato sul volto, incassò le manifestazioni di fedeltà e prese nota delle defezioni. Alla fine venne il mio turno. Mi versai un prosecco, uscii dal bancone e mi sedetti al suo fianco.

«Sempre dura a Roma?» domandai.

Alzò le spalle. «Non più del solito. I veri casini adesso sono qui» rispose osservando i suoi collaboratori che chiacchieravano con diverse persone. Tra una battuta e un pettegolezzo tentavano di recuperare i delusi. Era il loro lavoro e lo facevano bene, ma l'esito era comunque scontato. Bisognava attendere il voto per valutare esattamente la portata della sconfitta e dei danni collaterali nel campo degli affari. Poi si voltò e mi fissò dritto negli occhi. «Ti devo parlare».

«Quando vuole, avvocato».

«Non ora, aspetto ospiti. Saremo in quattro e ci serve la "saletta"».

Era il posto più esclusivo della Nena, a totale disposizione di Brianese e dei comitati d'affari e delle cricche che controllava. Con il mento indicai Ylenia e Nicola. Brianese scosse la testa. «No, loro se ne vanno a casa. Devo incontrare tre costruttori».

«Avverto Nicoletta?».

«Sono certo che i signori gradiranno».

Tornai dietro al bancone e da un cassetto tirai fuori il cellulare che usavo esclusivamente per comunicare con lei.

Nicoletta Rizzardi era una vecchia amica. Una delle prime persone che avevo conosciuto quando mi ero trasferito in Veneto. Eravamo anche stati amanti, per un breve periodo. Una ragazzona alta, snella e con due poppe grandi e bianche come il latte. Separata da molti anni, fumatrice convinta e amante dei foulard eccentrici e costosi che indossava sempre con grande disinvoltura, a quei tempi si occupava di alta moda. Rigorosamente taroccata. Poi era arrivata la concorrenza dei negri che vendevano i suoi stessi capi per strada e aveva dovuto cambiare settore e accontentarsi di una rappresentanza di intimo di medio livello. I guadagni non erano gli stessi e aveva tirato a campare fino a quando non le avevo offerto di essere mia socia in un certo affare che, fin da subito, si era rivelato geniale e remunerativo per entrambi.

L'idea mi era venuta una sera chiacchierando con Brianese. L'avvocato si lamentava che ormai in questo Paese i personaggi pubblici non godevano più di libertà e di privacy. Il gossip era diventato lo sport nazionale e nessun politico poteva più divertirsi senza rischiare di vedersi sputtanato sui giornali. Una innocente trasgressione poteva diventare la pietra tombale di una carriera. Magari non in Lombardia o a Roma, dove gli onorevoli che finivano coinvolti in vicende di sesso e cocaina venivano giustificati dai colleghi di partito "con la lontananza forzata dalle famiglie", ma in Veneto la regola era: "puoi fare quello che vuoi ma non devi farti beccare altrimenti sei finito". Il vero problema lo ponevano le escort, che erano diventate parte integrante degli affari ma non garantivano affidabilità. Ormai era impensabile chiudere un appalto, anche di una misera rotatoria, senza una quota pagata in natura, la corruzione era cambiata e quelli che si accontentavano dei soldi erano considerati delle mezze calzette. Mogli e figli, se potevano, cercavano di arraffare pure loro qualcosa: la tappezzeria nuova della villetta o lo spiderino giapponese. Tutti volevano un regalino in più per consolarsi di essere dei corrotti. Solo che le escort erano diventate terreno di caccia di giudici e giornalisti e quelle galline non riuscivano a tenere la bocca chiusa, non avevano ancora capito che i telefoni possono essere intercettati e, se capitava l'occasione, si precipitavano nei talk show a peggiorare la situazione.

Brianese aveva ragione da vendere. Avevo lavorato per un certo periodo in un locale di lap dance e conoscevo bene la mentalità delle ragazze che si mettevano sul mercato.

Così avevo messo a frutto la mia esperienza e avevo organizzato un piccolo ma sicurissimo giro di puttane travestite da escort a disposizione di Brianese e dei suoi amici.

Mai più di quattro per volta, sempre straniere prive di conoscenze in loco che venivano sostituite dopo sei mesi esatti. Venezuelane, argentine, brasiliane dai tratti europei e preferibilmente figlie dell'emigrazione italiana. E infine una cinese per dare il tocco esotico.

Trovarne una decente era la parte più difficile. Avevo un contatto a Prato che per la scelta mi metteva a disposizione quelle destinate a lavorare in appartamento. Solo che i cinesi mandavano a battere le donne che non rendevano più nei laboratori, quelle che non riuscivano più a tenere i ritmi di produzione, per cui mi ritrovavo di fronte ventiduenni con le mani rovinate o così sfinite che sarebbero stati necessari almeno un paio di mesi di cure e riposo per metterle in condizione di aprire le gambe con un barlume di sorriso sulle labbra. Dovevo sempre fare uno sforzo per riuscire a immaginarle truccate, con i capelli acconciati da un vero parrucchiere e ben vestite. Insomma, era una faticaccia, ma d'altronde non si poteva più gestire un giro di livello senza una cinese. Mettevano a loro agio i clienti più esigenti e quelli che avevano maggiori difficoltà a esprimere i loro gusti. Nicoletta le aveva definite "le bambole con cui i nostri maschietti non hanno mai giocato". Ma era vero solo in parte. In realtà erano solo delle schiave abituate a soddisfare al meglio le richieste dei loro padroni. Le sudamericane, invece, le facevo arrivare tramite Michail, un quarantenne russo grande, grosso e furbo come il diavolo che faceva il tuttofare per un'organizzazione gestita da due ex professioniste napoletane, ammanicate e protette da uno sbirro che in città contava molto. Michail mi faceva scegliere le ragazze su un catalogo e, quando pianificava gli arrivi, aggiungeva le mie e si teneva tutti i soldi. Mi aveva sconsigliato le russe, che avrebbe potuto procurarmi con facilità, perché nel suo paese la prostituzione era diventata un fenomeno incontrollabile. Professioniste a parte, c'era un esercito di donne di tutte le età che usavano concedere favori sessuali in cambio di piccoli privilegi soprattutto sul posto di lavoro. Una volta inserite nel mio giro avrebbero iniziato a cercare di lavorare in proprio per farsi una posizione o trovare un uomo disposto a mantenerle.

«Meglio le sudamericane» aveva detto. «Sono meno faticose. Le puttane, sai, bisogna sceglierle bene perché sono una grande rottura di coglioni».

Il russo mi piaceva, era corretto e prudente. Ci davamo appuntamento in una grande area di servizio dalle parti di Bologna. C'era sempre un sacco di gente che andava e veniva. Parcheggiavo in una zona priva di telecamere, lui si infilava nella mia macchina con il pc sottobraccio e iniziava un lungo monologo sul suo nome che, con ogni probabilità, era falso.

Sosteneva di chiamarsi Michail Aleksandrovič Šolokov, come lo scrittore che aveva vinto il Nobel nel 1965.

«Perché gli svedesi hanno fatto vincere un comunista?» si chiedeva ogni volta con enfasi esagerata. «Capisco un dissidente, ma premiare uno che è stato per ben due volte Eroe dell'Unione Sovietica, che senso ha?».

«Non se lo ricorda più nessuno» era il mio commento.

«Per fortuna. Mi imbarazzerei davvero se qualcuno si accorgesse che mi chiamo come quel tizio. Lo sai che sono andato in una libreria e ho chiesto il suo libro più famoso, *Il placido Don*?».

«Sarà fuori commercio» ripetevo come un disco rotto.

«Un'altra fortuna. Pensi che lo ristamperanno?».

«No. A chi vuoi che interessi uno scrittore dell'era sovietica? Ora c'è Putin che tra l'altro è molto amico del nostro premier».

«E che dovrebbe imparare da Putin come eliminare il pericolo degli scandali» ribatteva. «"Eliminare"... Non so se hai capito il gioco di parole...».

Si faceva una bella risata e finalmente accendeva il portatile che conteneva il catalogo.

«Bene, adesso parliamo di donne e di soldi, le uniche meraviglie della nostra esistenza».

Mi ero sempre prestato al gioco perché Michail recitava quella scenetta per avere il tempo di verificare che non vi fossero sbirri in agguato.

Ogni ragazza era fotografata nuda in sei pose diverse perché fossero evidenti pregi e difetti. Quelle che venivano a lavorare per noi erano fortunate. Andavano a vivere in confortevoli villini e se ne prendeva cura Nicoletta, che insegnava loro tutto quello che dovevano sapere in fatto di vestiti, trucchi, profumi e buone maniere. Quando non erano occupate coi clienti, per creare un minimo di copertura le usava come modelle per il suo campionario di intimo. Era anche un modo per farle sentire diverse e tenerle lontane dalla noia che poteva deprimerle e riempir loro la testa di pensieri dannosi per gli affari. Nessuna delle ragazze, infatti, aveva mai creato problemi e non c'era mai stato bisogno di alzare le mani. Quando la mia socia e io accoglievamo il nuovo gruppo facevo in modo che notassero un lucido tirapugni d'ottone apparentemente dimenticato sul tavolino. Anche le dilettanti sapevano che era il peggior nemico delle puttane.

Le nostre non erano a buon mercato. Cinque minuti o una notte, il prezzo era sempre lo stesso: duemilacinquecento euro di cui ben duecento finivano nelle tasche delle ragazze. Ma nessuno si era mai lamentato, la garanzia della riservatezza aveva il suo prezzo e quei soldi non li tirava fuori il cliente dal suo portafoglio, facevano parte delle regalie legate agli affari.

Le regole di sicurezza erano ferree. Niente droga, solo champagne. I cellulari restavano in macchina per evitare che qualche imbecille scattasse foto o girasse video imbarazzanti. Gli incontri avvenivano in varie villette, distribuite nelle diverse province, affittate per brevi periodi tramite un'agenzia immobiliare in cui lavorava il fratello di Nicoletta. Raramente in hotel. Quando le fanciulle non erano occupate con i politici e i loro amici venivano messe a disposizione di facoltosi industriali stranieri. La logica della ditta era: una sola marchetta al giorno ma sette giorni la settimana.

Le ragazze si illudevano di essere diventate delle principesse fino alla mattina in cui le caricavo in macchina fingendo di accompagnarle a un festino fuori città e, una volta arrivati a Genova, le vendevo a malavitosi maltesi per il doppio di quello che le avevo pagate. Non avevo mai chiesto che fine facessero. Sapevo solo che dopo qualche ora erano già a bordo di qualche mercantile diretto nel Maghreb o in Spagna ed era l'unica cosa che mi interessava.

Non appena le ragazze scendevano dall'auto e si ritrovavano circondate da quei ceffi, in quel magazzino sudicio che ospitava la sede della banda, capivano subito che razza di fregatura avevano preso e iniziavano a disperarsi. Un vero strazio che divertiva solo i compratori, i quali ridevano di gusto e cominciavano ad allungare le mani pregustando lo stupro. D'altronde erano della vecchia scuola, fermamente convinti che, se una puttana assaggiava l'inferno, avrebbe poi scambiato i clienti per angeli del paradiso. A quel punto facevo notare che si trattava di merce pregiata e delicata, contavo i soldi in fretta e me ne tornavo a casa.

E ogni volta i maltesi mi chiedevano quale fosse la migliore, quella che secondo loro aveva trascorso più tempo nel mio letto. Ne indicavo una a caso perché mi ero sempre guardato bene dallo scoparmele dato che ero il capo e non volevo che si creassero dinamiche negative nel gruppo. C'era il rischio che qualcuna si convincesse di essere la favorita. Invece, proprio perché ero il capo, nonostante fossimo soci alla pari, il giorno in cui dividevamo i soldi del mese mi facevo fare un pompino da Nicoletta. Giusto per ricordarle che l'idea era stata mia. Il business rendeva bene, alla fine tolte le spese riuscivo a mettermi in tasca circa centomila euro l'anno, ma una buona metà ero costretto a investirla nel locale, che era diventato un pozzo senza fondo. La crisi, nonostante il Veneto si difendesse bene, si faceva sentire, e mantenere un alto standard di qualità e tutto quel personale costava un occhio della testa. Per non parlare della cantina. Rispetto a un tempo anche quelli che se lo potevano permettere guardavano il prezzo delle bottiglie, solo corruttori e corrotti non badavano a spese quando si trattava di festeggiare il buon esito di una trattativa. Ed erano esigenti. Soprattutto quelli che, fino a quel momento, non erano riusciti a sedersi alla tavola giusta e a guadagnarsi il diritto a una fetta di torta erano sempre i più informati sull'ultimo vino alla moda. Io non ne ero mai sprovvisto.

Per nessun motivo al mondo avrei rinunciato alla Nena. Era la prova che la mia vita era cambiata per sempre, il biglietto da visita per avere un ruolo di rispetto nella società. Grazie a Brianese e a un bel po' di soldi per pagare la sua parcella, nel 2000 avevo ottenuto la riabilitazione e il mio passato di ex terrorista condannato all'ergastolo era stato cancellato. Alla fine di una lunga e tormentata vicenda, in cui avevo dovuto darmi molto da fare, ero diventato un onesto cittadino proprietario di un locale alla moda nel centro di una città veneta. Votavo e pagavo le imposte. E a forza di sorrisi, leccate di culo e tanta fatica ero stato accettato. Ero uno di "loro". Ma non uno qualsiasi. Ero un vincente. Uno di quelli che non potevi fingere di non vedere o scordarti di salutare.

Nicoletta rispose al terzo squillo. Con quella voce resa roca da troppe sigarette sembrava sempre che si fosse appena svegliata.

«Quante e dove?» domandò.

«Tutte e quattro e stasera non c'è bisogno di spostarsi».

«D'accordo. Ora le preparo».

Andai a prendere le ordinazioni. Brianese aveva già messo a loro agio i propri ospiti e stava illustrando come poteva intervenire per vincere alcune gare d'appalto per la ristrutturazione di scuole e caserme di una provincia vicina. Quando ritornai col vino si erano già accordati su una percentuale del tre per cento e stavano discutendo sui regali per i funzionari. Il dirigente del settore edilizia aveva fatto sapere che pretendeva anche la sistemazione del giardino per un anno.

Ad attendermi al banco trovai Martina, mia moglie, che rigirava tra le mani il bicchiere dell'aperitivo. Le sorrisi e la baciai sulle labbra che sapevano di Campari.

«Ciao, amore».

Poi salutai Gemma, l'amica che l'aveva accompagnata, e indicai un tavolo dove un signore elegante e austero stava cenando da solo. «Vi dispiace fare compagnia al professor Salvini? È il nuovo primario di pediatria, è appena arrivato in città e non conosce nessuno».

Il medico fu ben lieto di ospitarle. Conoscendo Gemma, immaginai che nel giro di cinque minuti si sarebbe informata sulla vita privata del professore. Era a caccia di una relazione fissa da quando era stata lasciata dal marito, che si era trasferito in Salento dove viveva la sua nuova compagna. Per fortuna c'era Martina, che le avrebbe impedito di esagerare. Eravamo sposati da nove anni e tutti i giorni veniva al locale per pranzo e cena. La cucina della nostra casa veniva usata solo per la colazione della mattina e qualche rara tisana della notte. A lei sarebbe anche piaciuto cucinare e organizzare pranzi e cene per amici e parenti, ma io mi ero sempre opposto. Non aveva alcun senso mettersi a sporcare pentole quando si aveva un eccellente ristorante a disposizione. La cameriera mi venne a chiedere cosa avrebbe mangiato mia moglie. Ero io che ordinavo per lei. Cercavo di prendermi cura di ogni aspetto della sua vita, era il mio modo di dimostrarle tutto il mio amore. E la mia riconoscenza. Mi era stata vicina in uno dei momenti più difficili, quando era morta Roberta, la donna che stavo per portare all'altare. Un tragico incidente l'aveva portata via da me. Allergica all'aspirina, ne aveva assunto una certa quantità per errore a casa mia e le era stata fatale. A causa del mio passato, e di infondati sospetti dei genitori e del parroco che Roberta considerava la sua guida spirituale, ero stato indagato per omicidio e perseguitato da due solerti sottufficiali dei carabinieri. Per fortuna era intervenuto l'avvocato Brianese che aveva messo a posto le cose. Era stata proprio la mia fidanzata a presentarmi Martina. A quel tempo stava con un tizio dall'aria moscia, e nonostante fossimo entrambi impegnati tra noi scattò qualcosa e avemmo una storiella senza importanza che mi permise però di scoprire che, a differenza della mia futura sposa, Martina era un'amante appassionata. La rividi al funerale dove mi fu molto vicina, tenendomi la mano tutto il tempo.

Qualche mese dopo, quando il dolore per la scomparsa di Roberta era stato sostituito da un grande vuoto, iniziammo a frequentarci con regolarità e una sera le chiesi di sposarmi.

In realtà avevo pensato a una convivenza, ma Brianese aveva insistito per il matrimonio. Così la gente si sarebbe dimenticata più in fretta del mio passato e di Roberta. Avevo affidato l'intera organizzazione del giorno più felice della nostra vita a Nicoletta e tutto era filato liscio. Raffinato, un po' noioso per la maggior parte degli invitati e faticoso per gli sposi. L'avvocato era stato il mio testimone e Gemma la testimone di Martina.

Al ritorno dal viaggio di nozze in Polinesia ci eravamo trasferiti nella nuova casa non lontana dalla Nena e, come ci eravamo solennemente giurati, avevamo iniziato a prenderci cura l'uno dell'altra.

Per prima cosa avevo consigliato a Martina di licenziarsi. Il suo stipendio di millecinquecento euro non ci cambiava la vita e l'avrebbe solo tenuta lontana da me. Lei era contraria ma alla fine si convinse che era la cosa migliore. Si preoccupava soprattutto di annoiarsi.

«Questo non capiterà mai, amore mio».

Come per tutte le coppie conoscersi e accettare i difetti del coniuge non era stato facile, ma eravamo innamorati e alla fine avevamo superato ogni difficoltà. Una delle più grosse era stata Gemma e avevo dovuto giocare d'astuzia per neutralizzare il suo influsso negativo nei confronti di mia moglie. Martina mi aveva sempre raccontato tutto della sua migliore amica e sapevo che, in quel periodo, le cose tra lei e il marito andavano male. Così, con grande generosità, l'avevo aiutata a trovare casa, lavoro, un avvocato e quando era venuta a ringraziarmi le avevo fatto capire che era arrivato il momento che diventasse amica di entrambi perché avevo bisogno di un'alleata per mantenere equilibrio e felicità nella vita di coppia.

«Non mi piace questo discorso» aveva detto. «Frequento Martina dalle scuole medie. È la mia migliore amica, tu per me sei solo un conoscente…».

Avevo alzato le mani per interromperla. «Se le chiedo di non vederti più lei mi accontenterà. E tu non hai altre amiche del cuore né tantomeno un uomo, al momento».

«Anche Martina non ha altre amiche importanti» aveva ribattuto stizzita.

«Ma io gliene posso comprare quante ne voglio e a te posso togliere tutto».

Gemma era impallidita e si era morsa il labbro per non piangere, ma io mi ero affrettato ad aggiungere: «Non voglio arrivare a una rottura. Però sai bene che Martina ha una personalità complessa e ha bisogno di tempo per assimilare alcuni concetti».

«Insomma, la devo convincere che hai sempre ragione».

«Io ho sempre ragione, Gemma. Lavoro tutto il giorno e tutto l'anno, ho bisogno che qualcuno l'accompagni in vacanza... Inverno, estate, weekend... tutto spesato, ovviamente».

«Mi piacerebbe mandarti a cagare» aveva sussurrato.

Le avevo dato un buffetto sulla guancia. «Ma non lo farai perché ti sto rendendo più confortevole e più facile la vita. Guardati: fumi, sei sovrappeso, bevi sempre uno spritz di troppo, la tua infelicità è evidente e senza Martina e il suo adorabile marito può solo peggiorare».

A quel punto, come da copione, aveva cercato di trovare la giustificazione per continuare a guardarsi allo specchio senza vergognarsi. «Ma almeno la ami?».

«Tantissimo. Perché credi che mi comporti in modo così odioso? Perché non posso permettermi di perderla».

E una volta tanto avevo detto la verità anche se le avevo propinato la battuta di un vecchio film. Vivere con Martina, occuparmi di lei aveva portato serenità nella mia vita, ma soprattutto aveva sopito quelle pulsioni che non ero riuscito a dominare in passato e che ogni tanto riaffioravano, anche se non avevo più bisogno di inebriarmi di violenza e crudeltà per sentirmi vivo.

*

Squillò il cellulare. Era Nicoletta. «Tutto pronto».

«Ora avverto i clienti».

Andai nella saletta e feci un cenno a Brianese che stava intrattenendo i suoi nuovi soci con pettegolezzi sulle avventure dei padanos a Roma. Si alzò e con grande solennità, come se fosse in procinto di rivolgersi al Parlamento, annunciò: «E ora, signori, avrò il piacere di presentarvi alcune graziose signorine che non vedono l'ora di prendersi cura dei nostri insaziabili uccelli».

I costruttori scoppiarono in una risata volgare, esagerata per una battuta così scontata. L'avvocato li guidò fuori dalla saletta, poi si girò verso di me. Il sorriso scomparve dalle sue labbra.

«Torno domani sera. Come ti ho detto ti devo parlare».

«Ma è successo qualcosa?».

Fece una smorfia amara travestita da sorriso: «Succede sempre qualcosa».

Uscendo si fermò a salutare Martina e a fare la conoscenza del professor Salvini, la cui simpatia per il centrosinistra era nota, e Brianese fu educato ma sbrigativo perché il tempo che avrebbe trascorso con la puttana che lo attendeva era sicuramente più interessante di quello perso con un tizio che non lo avrebbe mai votato.

La mia signora mi raggiunse poco dopo alla cassa mentre preparavo un conto. Mi mostrò un cd. «Vorrei farlo ascoltare a Gemma».

Per un attimo feci attenzione alla musica che usciva dalle casse. Una versione strumentale del *Mio canto libero* di Battisti.

«Non è nulla di "strano", vero?» domandai sottovoce. «Tipo cantautori impegnati o lagne jazz o etniche».

Sorrise. «Tranquillo. È un gruppo francese, non ti farò scappare i clienti».

Allungai la mano e la guardai. Non un capello color del miele fuori posto, trucco perfetto, il filo di perle, la camicetta riempita dal seno appena ritoccato dal chirurgo. Le cicatrici erano ancora evidenti e adoravo seguirne i contorni con la lingua. Martina era bella, sobria, quasi perfetta. Diedi una rapida occhiata all'orologio sulla parete. Quella sera mi sarebbe piaciuto tornare presto a casa per stare con lei.

Come avevo sospettato la musica dei francesi non era adeguata allo stile e alla clientela della Nena, un pateracchio di chanson française, swing e world music. Martina era adorabile ma di musica non capiva un cazzo. Al terzo brano, quando il più importante produttore di pollina della provincia mi fece segno di cambiare musica, premetti il tasto off e sostituii il cd con l'ultimo di Giusy Ferreri.

Alle 23 in punto la mia signora si alzò, strinse la mano a Salvini e venne a salutarmi con Gemma.

«Non fare tardi» mi sussurrò in un orecchio.

«Domani cambiamo il menu della cena e devo parlare col cuoco, ma cercherò di sbrigarmi».

Gemma l'aiutò a infilarsi il piumino lungo fino ai piedi. «Hai voglia di fare due passi?».

«Sì» risposi al suo posto. «Martina ha un paio di bicchieri di Amarone da smaltire».

Il primario mi avvertì con un cenno di preparargli il conto. Glielo portai personalmente insieme a un cognac della mia riserva personale.

Ficcò il naso nel *ballon*. «Che profumo! Avrei già bevuto abbastanza per stasera, ma a certe delizie non si può rinunciare».

Lo assaggiò con fare da intenditore. «Eccellente!».

Sorrisi e feci per andarmene. «Chissà che non mi aiuti a prendere una decisione che ormai non posso più rinviare».

«Ha deciso di accettare il posto da primario?».

Scosse la testa. «Sto solo tappando un buco in attesa che massoni e ciellini trovino un accordo soddisfacente. No, la decisione riguarda un piccolo paziente...».

«Questo cognac è infallibile» tagliai corto in modo brusco per il disagio causato dalla confidenza.

Salvini se ne accorse. Mi lanciò un'occhiata obliqua e appoggiò il bicchiere sul tavolo. «Pago con la carta di credito. Aggiunga dieci euro per i camerieri» annunciò risentito.

Avevo appena perduto un cliente. Non era poi così grave. Evidentemente non aveva capito che offrivo servizi che non comprendevano affettuose pacche sulle spalle.

L'appartamento, appena illuminato dalle luci soffuse disseminate tra l'andito e il corridoio, era avvolto nel silenzio. Sembrava che non ci fosse nessuno ma io sapevo esattamente dov'era Martina. Entrai nella cabina armadio, mi tolsi le scarpe e le misi tra quelle da pulire. Se ne sarebbe occupata la mia signora. Tutto ciò che mi riguardava rientrava nei suoi compiti. Non avrei mai permesso che la colf toccasse le mie cose. Poi la giacca, la cravatta e i pantaloni finirono appesi a un servo muto che, per quello che era costato, meritava di stare in salotto. Slip e calze nel cesto della biancheria. Nudo mi diressi in camera da letto e mi accomodai su una poltroncina disposta in modo tale da avere una visuale totale sul bagno, che in quel momento si illuminò a giorno. Sembrava il set di un film. Anche Martina era nuda, in piedi di fianco al lavabo. Da una mensola di cristallo prese diversi vasetti di creme, li aprì e li dispose in un ordine preciso. Infilò le dita nel primo e si passò la mano sul viso con lenti movimenti circolari. Altra crema finì sul collo e le sue mani non smisero mai di muoversi, scendendo a poco a poco fino ai piedi. Rimise a posto i vasetti. Poi, con un movimento grazioso, alzò la gamba sinistra e appoggiò il piede sul bordo del lavabo. Il suo dito medio seguì i contorni del pelo pubico cesellato a colpi di rasoio dall'estetista per mettere in evidenza la forma dell'iniziale del mio nome. Poi scomparve tra le grandi labbra alla ricerca del clitoride. Attesi che chiudesse gli occhi e che il respiro diventasse corto e affannoso.

«Basta così».

Martina continuò a toccàrsi. «Ti prego, mi manca pochissimo».

«Ho detto basta».

Allontanò la mano. «Perché?».

«Il cd faceva cagare. Mi hai mancato di rispetto».

Fece per ribattere ma poi cambiò idea. Con il piede chiuse la porta, sbattendola leggermente.

Indossai il pigiama di seta e m'infilai tra le lenzuola. Dopo qualche minuto arrivò Martina. L'avvolsi in un abbraccio.

«Buonanotte, amore mio».

Mi svegliai perfettamente riposato. Mia moglie, come sempre, era già in piedi. Non sopportavo l'idea di svegliarmi a fianco di una donna spettinata, con gli occhi gonfi e l'alito pesante e vederla poi girare per casa ciabattando. La trovai in cucina, con la *mise* del mattino: camicetta, gonna, ballerine, un filo di trucco, qualche gioiello.

La colazione era già pronta.

«Volevo chiederti scusa per ieri sera» attaccò con un filo di voce. «Avevo ascoltato il cd in macchina e mi sembrava bello».

Le presi il volto tra le mani. «Incidente chiuso» annunciai prima di stamparle un bacio sulle labbra.

Mentre mi versava il caffè mi avvicinai al frigorifero e staccai un foglio da un magnete a forma di fragola.

«Stamattina hai l'ora di pilates e il massaggio. Dopo pranzo la pulizia dei denti. E basta?» domandai sorpreso.

«Andare dal dentista mi stressa, lo sai. Dopo preferirei stare a casa a guardare un po' di televisione».

«D'accordo. Ma tutto il pomeriggio mi sembra troppo. Tra le sei e le sette ti fai una bella ora di corsa, va bene?».

«Fa freddo» si lamentò.

«Cazzo, Martina, ma dobbiamo discutere ogni minimo particolare della nostra vita?».

«Scusa, hai ragione».

Mi porse la tazzina. Bevvi molto lentamente per assaporare il caffè fino all'ultima goccia. Poi presi le capsule dai flaconi degli integratori e le misi sul tavolo di fianco al suo bicchiere di succo d'arancia. Con un gesto usuale le raccolse e se le cacciò in bocca. Oligoelementi, antiossidanti, tonici… il meglio che offriva il mercato per rallentare l'invecchiamento e mantenere una corretta forma del corpo e della mente. Li acquistavo via Internet dopo averli scelti personalmente. Ogni domenica leggevo l'inserto dedicato alla salute di un importante quotidiano nazionale dove cercavo articoli utili per la mia Martina.

Spalmò la marmellata sulle fette biscottate e iniziò a parlare. La colazione era il momento in cui mi dedicavo ad ascoltarla. Per lei era importante. Aveva continuamente bisogno di conferme e consigli.

Nicoletta mi aveva avvertito prima del matrimonio: «Questa non ha ancora capito di che pasta sei fatto e se te la vuoi tenere stretta devi fare in modo che non lo scopra mai».

«Consigli?».

«Fingi di ascoltarla, di sentirti vicino a tutti i suoi problemi. È la classica donna che ha bisogno di un dialogo con il suo uomo».

«E tu?» avevo chiesto sorridendo.

«Io sono molto più sveglia, bello mio. In prima liceo avevo già capito che è solo tempo perso».

Avevo seguito il suggerimento, e aveva funzionato. Ogni mattina Martina mi intratteneva una buona mezz'ora con le sue cazzate. La famiglia, Gemma, altre amiche meno importanti, conoscenti, aneddoti, pettegolezzi, acquisti vari e infine noi due. Il tormentone di quel periodo era la malattia del padre. Un altro anziano arruolato dal destino nel battaglione Alzheimer. Voleva essere più vicina alla madre e alle sorelle, ne temeva il giudizio. Io, fin dall'inizio, avevo messo in chiaro che figli e famiglie erano argomenti che non avrei affrontato. Non ero fatto per coccolare pargoli e tantomeno per domeniche, pasque e natali trascorsi con i piedi sotto lunghe e chiassose tavolate di parenti acquisiti. Sui miei avevo messo una pietra sopra tanti anni prima e non ne sentivo la mancanza.

«Ti conosco» le dissi quella mattina. «Diventeresti triste e brutta, perché il dolore accentua le rughe, te lo ha detto anche il chirurgo quando hai fatto la blefaroplastica. E ti rovineresti la vita per nulla, dato che nulla puoi fare. Tuo padre ormai è andato. Sono già in tanti a occuparsene».

Mi afferrò la mano. «Ti prego. Tre volte la settimana. Ho bisogno di stare vicino a mia mamma e a Paola e Romina».

«Hai già un sacco di impegni…».

«Li manterrò tutti. Te lo giuro».

Mi portai le sue mani alle labbra e le baciai. «Sei proprio una brava ragazza» sussurrai ammirato. «Sono fiero di te».

«Vuol dire che sei d'accordo?».

«A patto che la nostra vita non ne risenta e, comunque, che tu abbia ben chiaro che ti sto facendo una grande concessione e mi aspetto che tu sappia ricambiare».

Mi saltò al collo commossa. «Ti amo».

«Anch'io».

Alla fine di un giorno noioso l'avvocato, nonché onorevole della Repubblica, Sante Brianese ritornò alla Nena all'ora dell'aperitivo per parlarmi, come aveva annunciato. Dopo i saluti di rito, e dopo essersi scolato un paio di bicchieri di bollicine, mi fece segno di avvicinarmi.

«È meglio se andiamo in saletta… è a posto?».

«Certo. È stata bonificata stamattina».

«Bene. Porta la bottiglia e un po' di stuzzichini».

Quella delle cimici era una moda recente in città. Erano state ritrovate negli uffici di imprenditori in gara per appalti di vario genere, e la cosa che aveva destato allarme in certi ambienti era che molto probabilmente non erano state piazzate da sbirri e magistrati. Giravano molte voci sulla provenienza dei microfoni, ma dato che Brianese era esposto a rischi e poteva contare su un discreto numero di nemici, avevo ingaggiato un tecnico che lavorava nel settore e che una volta alla settimana controllava la saletta e altri luoghi "sensibili" del locale.

Ovviamente avevo fatto schermare gli ambienti. Quei tonti si lamentavano che in saletta "il cellulare non prende", ma rispetto al capitolo mazzette erano tutti convinti che a nessuno sarebbe mai venuto in mente di intercettarli ed era giusto che ci pensassi io, quantomeno per proteggere me stesso.

Insieme al vino portai un vassoio di affettati locali e sottaceti. Quando non doveva recitare la parte dell'uomo di successo, che gli imponeva di essere un gourmet curioso e pretenzioso, Brianese ritornava a essere il figlio del contadino che si era spaccato la schiena per mandarlo all'università.

Tergiversò straparlando con la bocca piena della responsabilità dei "capi". «Questo è un Paese dove la gente ti adora ma poi con la stessa facilità ti fucilano a piazzale Loreto o ti tirano le monetine mentre esci dall'hotel».

Infilzai un carciofino sott'olio e una fetta di salame con uno stuzzicadenti e li deposi su una sottile fetta di pane. «Mi preoccupa, avvocato. La sta tirando troppo in lungo per non essere una faccenda seria».

Sospirò e andò dritto al punto. «L'affare di Dubai è andato male. Ci hanno fottuto con lo schema Ponzi».

Non ero mai stato un genio della finanza e proprio per questo avevo sempre affidato a Brianese e ai suoi esperti la gestione dei miei quattrini, ma non ero così sprovveduto da non conoscere quel vecchio trucco. Come tutti gli investitori grandi e piccoli del pianeta avevo seguito la vicenda Madoff e sapevo che ovunque vi erano allievi di Charles Ponzi a caccia di fessi. Ti promettevano alti rendimenti con bassi investimenti ma si trattava solo di una piramide finanziaria, dove quelli che stavano in alto incassavano i soldi di quelli che stavano sotto e così via fino a quando non si esauriva la schiera di polli da spennare.

«Anche gli inglesi che ci avevano consigliato l'affare sono rimasti fregati» continuò a spiegare. «Sono corsi a Dubai ma, al posto dei cantieri degli hotel e delle torri, hanno trovato solo vecchi scavi. Quegli stronzi di beduini non si sono nemmeno disturbati di fingere di costruire. I nostri amici hanno tentato di fare casino ma li hanno caricati sul primo aereo».

Secondo quanto mi aveva prospettato Brianese, sarei dovuto risultare proprietario di due miniappartamenti al sedicesimo piano di un grattacielo esclusivo e di una suite in un hotel da miliardari. «Speranze di recuperare i soldi?» domandai pur conoscendo la risposta.

«Nessuna. La truffa è stata organizzata troppo in alto. Hanno già messo in moto tutte le loro relazioni e la faccenda finisce qui. I media ne hanno parlato ma senza calcare la mano perché nemmeno noi abbiamo interesse a far emergere il nostro coinvolgimento…».

Annuii fissandolo negli occhi. Brianese, innervosito, sbottò: «E non mi guardare così, cazzo! L'hai vista anche tu la pubblicità alla televisione di Dubai».

«Cosa mi è rimasto?».

«Nulla».

«Nulla? Mi aveva assicurato che avrebbe investito parte dei miei soldi in quell'affare immobiliare in Croazia… ricordo che avete festeggiato alla grande quando è andato in porto».

«Ho dovuto fare spazio ad altri e ti ho lasciato fuori. Ho bisogno di alleati anche al di là del partito» ammise con un certo imbarazzo. «Comunque stai tranquillo, ti rifarai. Il giro di puttane rende bene e quando avrai raccolto un po' di contante, diciamo mezzo milione, ti infilerò in un investimento sicuro. Per esempio, dopo le elezioni regionali comunicheranno il tragitto della nuova linea ferroviaria ad alta velocità. Io ho la possibilità di conoscerlo in anticipo, in modo tale da fare incetta di un bel po' di terreni agricoli a basso costo per poi rivenderli al triplo del loro valore».

Scossi la testa, sfoggiando un sorriso forzato per nascondere lo stupore e la rabbia. «No, avvocato, non funziona così. Io le ho affidato due milioni e due milioni rivoglio indietro. In tutti questi anni lei ha amministrato i miei soldi trattenendo una commissione del dieci per cento, oltre a quello che ha guadagnato gestendo il mio capitale. È un problema suo se si è fatto fregare».

«Gli affari comportano sempre un certo rischio» replicò in tono paterno. «A volte vanno bene, altre così e così e certe altre vanno male e si perde tutto. Fattene una ragione e pensa al futuro».

Continuò a blaterare e a riempirsi la pancia di cibo e vino, come se fossi l'ultimo dei suoi elettori o un fesso dei suoi clienti a cui stava spiegando che non era colpa sua se aveva perso la causa. Quei soldi me li ero guadagnati rischiando la pelle in una rapina di cui ero l'unico sopravvissuto e in diversi altri affari che avrebbero potuto costarmi la galera. L'avvocato nonché onorevole Sante Brianese i quattrini che aveva perso li aveva arraffati, insieme ai suoi amici, con gli appalti, le tangenti, gli intrecci azionari, i favori, le finte consulenze, insomma erano frutto del meglio che può offrire la politica oggi in Italia.

Avevo capito da un pezzo come funzionava il gioco. Fin dai tempi in cui mi aveva fatto investire nell'usura, giro che l'avvocato aveva poi abbandonato quando il successo politico lo aveva catapultato nel paradiso degli appalti delle opere pubbliche, che ogni anno diventavano sempre più grandi e costose. Il Veneto era diventato un enorme cantiere e i soldi che giravano erano così tanti che dovevano essere investiti all'estero. In Croazia e a Dubai, per esempio. Brianese non si occupava personalmente degli investimenti, il suo ruolo era raccogliere il denaro e affidarlo ad alcuni esperti di cui si era sempre ben guardato dal rivelare i nomi.

"Che si fottano anche loro" pensai.

«Avvocato, mi scusi, ma lei si sbaglia» lo interruppi in tono pacato. «Posso venirle incontro e riconoscerle comunque la commissione di duecentomila euro ma il resto del capitale deve tornare nelle mie tasche».

«Allora sei cretino!».

«Scusi?».

«Hai capito benissimo» sibilò furioso. «Se tu oggi sei qualcuno lo devi a me. Ti ho ripulito la fedina penale, ti ho tolto dai casini quando volevano rispedirti in galera per la morte di Roberta, ti ho fatto rilevare questo ristorante e ti ho onorato facendoti da testimone di nozze, ti ho fatto fare degli ottimi investimenti per anni e ora osi parlarmi in questo modo?».

Feci un respiro profondo. Non era il momento di perdere la testa. «Io avevo un grande debito di riconoscenza nei suoi confronti, avvocato. Lei ha fatto molto per me in questi anni, ma io l'ho sempre ripagata. E non mi riferisco solo ai soldi che, tra parcelle e percentuali, sono una bella cifra. C'è stato un tempo in cui ho anche fatto il "cattivo" per lei e i suoi amici. Ho spaccato ossa e messo a tacere gente che vi poteva cacciare nei guai».

Spazzò l'aria con un gesto rabbioso. «Storie vecchie» sbraitò. «Eravamo più giovani, più avventati e meno potenti».

Ignorai le sue cazzate. «Le ho organizzato un giro di puttane che potrei brevettare tanto è sicuro, e sappiamo quanti casini vi sta procurando questa follia di aver messo la figa in cima all'albero della cuccagna. E La Nena è sempre stata a sua totale disposizione: cene, feste elettorali, aperitivi di presentazione dei candidati e non ha mai pagato nulla. Mi piacerebbe sapere quanti soldi ha guadagnato facendo affari in questa saletta che ogni settimana faccio bonificare…».

Mi afferrò un polso per farmi tacere e cambiò tono. «Hai ragione, ti chiedo scusa. In questi anni ci siamo dati una mano a vicenda e abbiamo avuto entrambi dei benefici. Sei un bravo ragazzo e hai tutta la mia stima e il mio affetto e proprio per questo devi credermi quando ti dico che non ti devo nulla…».

«Ho qualche problema a farlo, soprattutto se penso che non mi ha fatto entrare nell'affare croato».

Allargò le braccia. «Ti ho già spiegato il motivo. Il grande capo è sempre più a rischio di sbattere il culo per terra e noi dobbiamo essere pronti a reggere il colpo, a sopravvivere alla sua fine e continuare a governare. Questo è il momento di stringere nuove alleanze ed elaborare nuove strategie».

«Mi parli di soldi, avvocato. È l'unico argomento che mi interessa».

Sospirò. «E va bene! Io ti do la mia parola che, entro un anno da oggi, ti farò rientrare della perdita con un interesse del venticinque per cento».

«Mi sembra una promessa impegnativa» commentai perplesso.

Riempì i bicchieri e alzò il suo. «Ricordati chi sono e quanto vale la mia parola».

Presi il bicchiere e accettai il brindisi. Brianese si alzò. «Il dovere mi chiama, ho una riunione di partito per decidere le candidature».

«Auguri».

«Ne ho proprio bisogno» biascicò mentre dalla tasca della giacca estraeva una scatola di mentine e se ne cacciava un paio in bocca.

Brianese era un uomo intelligente, abile e pratico. Lo avevo sempre stimato per questo e avrei dovuto essere soddisfatto di come si era chiusa la vicenda dei due milioni, ma c'era qualcosa che non andava. Avevo la sensazione che quel brindisi finale, a suggello della sua parola, fosse stato dettato dalla fretta di convincere il coglione di turno. Non riuscivo a riconoscere il suo stile. Il dubbio diventò insostenibile nel giro di una mezz'ora e quando maltrattai il cuoco per un nonnulla, pur sapendo quanto fosse difficile trovarne di buoni in città, mi decisi a fare una telefonata a una persona che forse mi avrebbe potuto aiutare a chiarire ogni dubbio. Era disponibile a incontrarmi ma dato che non potevo presentarmi a mani vuote chiamai Nicoletta.

«Ne hai due libere?».

«Sì. Le due venezuelane».

«Tra un po' passo a prenderle».

Seguì un attimo di silenzio. «Uso personale?».

«Devo fare un regalo».

«Capisco».

«Si tratta di un utile investimento per la ditta» mentii. «E comunque alle ragazze provvedo io».

Feci un breve giro dei tavoli e mi sedetti a quello occupato da Martina e Gemma, la quale si affrettò a farmi notare l'assenza del professor Salvini.

«Non ha prenotato per questa sera» spiegai. «Sarà andato ad assaggiare la cucina di qualche altro ristorante e comunque non credo che tornerà. Mi ha detto che era abituato a spendere meno. Classiche menate da radical chic».

Martina sorrise al commento salace. Le avevo ordinato un filetto alla brace con contorno di verdure grigliate.

«Com'è andata la corsa?» domandai.

«Benissimo. Sto migliorando i tempi».

Le accarezzai la guancia e mi rivolsi a Gemma. «Sta diventando sempre più bella, vero?».

«Ha la fortuna di avere un uomo che l'ama alla follia».

Le lanciai un'occhiata per avvertirla di non esagerare, ma il volto di Martina arrossì mentre annuiva: «È proprio vero. Sono molto fortunata».

Mi alzai. «Vi lascio. Devo andare a una degustazione fuori città».

Passai le consegne a Piero, il cameriere più anziano, e uscii dal locale diretto al garage dove custodivo con tutte le attenzioni la mia Phaeton, una berlina poco diffusa prodotta dalla Volkswagen, di gran lusso e di gran prezzo, visto che costava oltre centomila euro. L'avevo comprata per una cifra decisamente ridicola da un cliente che aveva avuto fretta di disfarsene prima di traslocare in Bulgaria, in una bella villa affacciata sul Mar Nero, inutilmente inseguito da creditori e guardia di finanza. Aveva venduto cellulari per venti milioni di euro fingendo di avere una società a Burgas, trucchetto che gli aveva permesso di diventare uno dei numerosi evasori totali che fanno marciare l'economia veneta.

Mi aveva chiamato fuori dalla Nena e mi aveva indicato l'auto. «Ha cinquemila chilometri. Te la vendo per trentamila euro».

Avevo scosso la testa. «Ne ho ventimila subito. E anche domani e dopodomani. Trentamila tra una decina di giorni… forse».

Mi aveva lanciato le chiavi. «Hai fatto un affare».

Non avevo avuto il minimo dubbio. E ora mi ritrovavo a guidare un gioiello dalle linee sobrie e raffinate. Giusto quello che ci voleva per fare bella figura in certi ambienti veneti.

Dopo una decina di minuti raggiunsi una villetta dell'immediata periferia. Un nuovo quartiere circondato da tangenziali e totalmente privo di servizi.

Nicoletta mi attendeva con le due ragazze davanti a un caminetto scoppiettante. Fumavano rilassate.

«Cazzo, Nicoletta, è davvero un peccato che rovini questo profumo con le sigarette» dissi mentre mi chinavo a baciarle una guancia. «È buonissimo e mi fa arrapare in un nanosecondo».

Isabel e Dulce ridacchiarono. Nicoletta finse di non aver sentito.

«Dove le porti di bello?» domandò a voce bassa.

«A lavorare in fabbrica».

«Un altro industriale che non riesce a fare sesso fuori dal proprio ufficio?».

«Più o meno».

«Se me le riporti per un'ora decente ho un paio di inglesi parcheggiati alle terme che gradirebbero molto la loro compagnia».

«Farò il possibile. Le altre due dove sono?».

«A Venezia. Vado a ritirarle domani mattina».

L'insegna e le luci degli uffici erano spente. La guardia al cancello mi indicò un grande capannone. Parcheggiai vicino all'entrata e dissi alle ragazze di scendere. «È questo il posto?» domandò Dulce preoccupata.

«Sì, e adesso stai zitta e sorridi».

Entrammo in una gigantesca tipografia. Le macchine erano ferme ma, in una zona illuminata, una trentina di uomini, distribuiti lungo un bancone, stavano allestendo a mano i volantini pubblicitari di un ipermercato. Lavoravano in silenzio, concentrati sul ritmo del passaggio dei fogli. Erano di spalle e non si accorsero della nostra presenza finché non udirono l'inconfondibile rumore dei tacchi da quindici centimetri delle ragazze. Si voltarono di scatto e le fissarono con sorpresa. Quella sera tutto si sarebbero aspettati, ma non di trovarsi di fronte due bellezze del genere.

Dal buio spuntò un tizio tarchiato che indossava un *pile* da venti euro, pantaloni sformati e scarpe da ginnastica. Diede un ultimo tiro alla sigaretta e la fece cadere a terra. «E allora!» gridò. E tutti si voltarono e ripresero il lavoro.

«Non mi aspettavo venissi così ben accompagnato» disse stringendomi la mano e osservando con occhio da intenditore le ragazze. «Mi chiamo Domenico» si presentò. «E voi, belle fanciulle?».

Di cognome faceva Beccaro. Era il proprietario della tipografia fondata dal padre con due misere stampatrici che, oggi, erano in bella mostra a fianco della gigantesca scrivania in quercia e acciaio del suo ufficio. Domenico aveva lavorato sodo e giocato le carte giuste con alcuni politici locali. Lo avevo conosciuto alla Nena quando aveva iniziato a partecipare ad alcune cene in saletta con Brianese, con successivo intrattenimento in compagnia delle mie ragazze. Poi era tornato con la moglie e altri amici e mi aveva detto che i menu erano stampati male, e che dovevo andarlo a trovare. Lo avevo fatto ed era diventato il mio tipografo di fiducia. Il lavoro che gli procuravo con il ristorante era nulla in confronto alle consegne che riceveva da ditte e catene, ma lui era uno di quelli che non rifiuta mai un cliente. Parlava solo ed esclusivamente dialetto ma sapeva farsi capire perfettamente in ogni ambiente. Diversi mesi prima, per pura coincidenza, afferrando il frammento di un discorso mentre stappavo una bottiglia, avevo scoperto che anche lui era coinvolto nell'affare di Dubai. Ora ero lì con la speranza che offrendogli le prestazioni delle ragazze mi avrebbe fatto scoprire quanti soldi aveva perso nell'affare e come pensava di recuperarli. La mia socia s'informava sempre sui clienti. Sosteneva che un giorno sarebbe potuto tornare utile. E nella sua catalogazione Domenico Beccaro era collocato sotto la voce v.m.f.: vero malato di figa.

«E allora come mai da queste parti?» domandò senza smettere di ricambiare i sorrisi di Isabel e Dulce.

«Come ti ho detto al telefono, ero nei paraggi con queste mie due amiche e pensavo di invitarti a bere un bicchiere per parlare di un certo affare. Non pensavo che fossi ancora al lavoro».

«Caro mio, qui non si smette mai. Di giorno stampiamo e di notte allestiamo».

«A mano? Ma non ti conviene comprare una macchina?».

«Sei matto!» sbottò. «Mi costa meno far lavorare 'sta gente qua. Sono sempre stato un benefattore».

Notò il mio sorriso e si fece serio. «Non è una battuta. Mi vogliono bene, credimi».

«Non ho dubbi. Ma devi proprio stare qui?».

«Stanotte sì. Siamo solo io e la guardia ma due chiacchiere possiamo farle» disse prendendomi sottobraccio. «Certo che sono due strafighe, le tue amiche».

«Sono anche molto disponibili e generose».

«Le porterei a fare un giretto nel mio ufficio se non dovessi stare qui a controllare. Come ti giri lavorano a cazzo e poi perdi i clienti, lo sai com'è…».

«Posso stare io qui, se vuoi…».

«Sul serio?».

«Ma certo. Dell'affare discuteremo un'altra volta. Mi hanno parlato bene di certi investimenti a Dubai...».

«Lascia stare, è roba vecchia».

«In che senso?».

«La truffa è stata scoperta ai primi di giugno» spiegò. «Ci stavo cascando anch'io con un gruppo di altri investitori ma, per fortuna, ci siamo fermati in tempo e abbiamo dirottato i capitali da un'altra parte».

«Ma sul serio?».

Domenico aveva fretta di chiudere la conversazione per dedicarsi alle due ragazze e divenne incauto. «Chiedilo a Brianese» tagliò corto. «Conosce tutti i particolari».

Un'onda di rabbia mi squassò il corpo dalla punta dei piedi alla cima dei capelli per lasciare subito posto all'amarezza. Non riuscivo a capacitarmi che l'avvocato avesse voluto fottermi in quel modo.

Sorrisi a Beccaro e mi rivolsi alle ragazze. «Il mio amico vuole mostrarvi il suo ufficio».

Domenico le prese per mano e s'incamminò facendo in modo che i suoi lavoranti capissero che stava per scoparsi due belle troie. Isabel si voltò verso di me per avere indicazioni e io le mostrai le mie dieci dita. Tanti erano i minuti che doveva durare la prestazione.

Non mantenni la promessa di controllare quegli sfigati e portai la macchina davanti agli uffici. Immobile, le mani sul volante, cercai di tranquillizzarmi ma sapevo che avrei trovato pace solo inebriandomi della sofferenza altrui. Martina. Lei mi avrebbe capito e il suo amore mi avrebbe dato sollievo. Solo dopo sarei stato in grado di rimettere ordine nella mia mente.

Domenico accompagnò fuori le ragazze. Una sigaretta

appena accesa gli penzolava dalle labbra. Si avvicinò al finestrino. «Grazie della visita» disse.

«Passa a trovarmi alla Nena. Ho un paio di vini nuovi da farti assaggiare».

«Puzzava di sudore» si lamentò Dulce che sedeva al mio fianco.

«Ho bisogno di una doccia» rincarò Isabel.

«Ve la farete alle terme, vi aspettano due clienti».

«Ma noi lavoriamo solo una volta al giorno» protestò Dulce.

Strinsi le mani sul volante per non colpirla. «Potete fare un'eccezione» dissi in tono conciliante. «In fondo si tratta di due signori gentili e profumati da trastullare in comodi lettoni di un hotel di lusso. Ma se aprite ancora una volta la bocca per lamentarvi vi riporto in quella tipografia a disposizione di quella banda di disperati».

Le due ragazze si zittirono e quando parcheggiai di fronte al villino di Nicoletta schizzarono fuori dall'auto.

Non era tardi e La Nena, a quell'ora, era ancora in piena attività, ma quella sera il locale era l'ultimo dei miei pensieri. Quando arrivai a casa Martina era distesa sul divano in salotto. Tra le mani stringeva un libro e dalle casse dello stereo usciva la voce di un cantautore. La musica aveva coperto i rumori e lei non si era accorta della mia presenza. Rimasi a osservarla. Quando leggeva aveva un'espressione pensosa come se ogni parola necessitasse di una riflessione. Indossava un vestito leggero di lana che le lasciava scoperte le cosce.

Andai nello studio e cercai su Internet le notizie relative alla truffa di Dubai. Beccaro aveva ragione: era storia vecchia. Brianese era davvero convinto che fossi l'ultimo degli imbecilli.

Andai a spogliarmi, poi tornai in salotto e mi sedetti sul bordo del divano. Lei sorrise e mi appoggiò una mano sul petto. «Non ti ho sentito arrivare, scusami. Ora vado subito in bagno a preparare le creme».

«No» sussurrai. «Spinning, baby, spinning».

Lei impallidì. «Cos'è successo?».

La presi per mano e la condussi fino a una stanza che conteneva solo una spin bike e, a fianco, una grande, comoda, morbida poltrona di cuoio color sangue di bue. Con un unico movimento le tolsi il vestito. Tremava. Le slacciai il reggiseno.

«Dimmi almeno cos'è successo, ti prego…».

«Sali su quella cazzo di bicicletta» gridai.

Lei obbedì e iniziò a pedalare. Io mi lasciai cadere nella poltrona, godendo del contatto della mia pelle nuda con il cuoio.

Schioccando le dita le indicai il ritmo della pedalata e iniziai ad ascoltare il rumore del rullo che girava e macinava chilometri immaginari. Dopo un po' iniziai a rilassarmi. Martina era già lucida di sudore, i capelli incollati alle tempie. Teneva gli occhi chiusi per non perdere la concentrazione. Dopo un po' li chiusi anch'io per trovare risposte alle mille domande che mi affollavano la mente. Mai avrei pensato di trovarmi in rotta di collisione con Sante Brianese, il mio avvocato, testimone di nozze e fino a quella sera qualcosa che assomigliava forse a un padre. Mi sentivo tradito, amareggiato, sconfitto. E confuso. Non avevo la minima idea di come comportarmi.

All'improvviso mi accorsi che mia moglie stava rallentando il ritmo. Scattai in piedi e iniziai a insultarla con crudele meticolosità. Non risparmiai niente e nessuno fino a quando non ricacciò in gola le lacrime e ritornò alla velocità iniziale.

Mi risedetti e fu in quel momento che capii che non avevo nessuna voglia di rompere con Brianese. Dovevo trovare il modo di farlo riflettere sugli errori che aveva commesso nei miei confronti perché toccava a lui riparare. Un tempo avrei agito in modo diverso e l'avvocato sarebbe morto. Nella mente si accavallarono volti di persone che avevo incrociato nel mio cammino verso una vita normale e che ora non c'erano più. Ma io non ero più un criminale che viveva ai margini della società e Brianese era un parlamentare della Repubblica. Eravamo tutte persone perbene e solo il dialogo poteva appianare le cose.

Martina si fermò di colpo e si afflosciò senza più forze, scivolando dalla spin bike come una bambola di pezza e cadendo sul pavimento con un piccolo tonfo. Osservandola ansimare, il petto che si sollevava a scatti, capii quale poteva essere l'approccio migliore per attirare l'attenzione dell'avvocato.

«Scopami» mormorò. «Ti prego, scopami».

Le tolsi gli slip e la penetrai. Lei mi strinse le braccia al collo con quel poco di forze che le rimanevano. «Sono qui, amore. Sono qui per te».

Sante Brianese abitava in un'elegante palazzina a due piani a ridosso di una delle antiche porte medievali. Negli anni avevo immagazzinato sufficienti informazioni per sapere che, la mattina, la moglie era la prima a uscire per recarsi nella piccola azienda di moda di cui era titolare e che non aveva mai voluto cedere nonostante non avesse alcun bisogno di lavorare per vivere. L'avvocato, se non si trovava a Roma, usciva poco dopo diretto in tribunale o in studio. Le figlie avevano lasciato la casa dei genitori da qualche tempo. La maggiore si era sposata con un giovane diplomatico in carriera e la minore era andata a Londra a frequentare un master in Business administration.

Quando suonai il campanello ero certo di trovare solo la cameriera. La giornata soleggiata giustificava gli occhiali scuri che indossavo. Per completare il travestimento avevo un cappello con visiera e un giubbotto che da lontano poteva sembrare la divisa di un dipendente di una ditta di spedizioni, sottobraccio tenevo una grossa busta imbottita.

In quella casa i corrieri andavano e venivano tutto il giorno, per cui la donna mi aprì senza pensarci due volte. Le sferrai un robusto gancio al mento col tirapugni e crollò a terra svenuta prima ancora di potermi guardare in faccia. La trascinai nel salotto buono e l'adagiai su un divano damascato. Solo allora mi accorsi che indossava una divisa da cameriera con tanto di crestina. Mi infilai un paio di guanti di lattice e iniziai a perlustrare la casa alla ricerca della camera da letto dei coniugi Brianese. La trovai al primo piano e, come avevo immaginato, era un trionfo di mobili d'antiquariato e quadri della scuola veneziana del tardo Settecento. Iniziai ad aprire i cassetti e a mettere in disordine gli indumenti, giusto per dare la certezza che qualcuno li avesse toccati. Nei bagni frugai negli armadietti, svitai i tappi dei profumi e dei vasetti di crema, violando con sistematicità l'intimità dei padroni di casa.

Dall'armadio presi un impermeabile leggero dell'avvocato, pronto per essere usato l'autunno seguente. Lo liberai dalla protezione di nylon e lo indossai, abbottonandolo fino al mento. Odorava di lavanderia. Scesi al piano di sotto. La cameriera era ancora svenuta. Era tarchiata, sui quarantacinque anni. Infilai nuovamente il tirapugni e la colpii al volto una decina di volte riducendolo a una maschera di sangue. Le strappai il grembiule e tamponai le ferite per valutare i danni. Lo zigomo sinistro era ancora intatto. Con due dita le aprii le labbra. Buona parte dei denti davanti erano ancora al loro posto. Un'alimentazione scarsa di zuccheri ma ricca di vitamine e cereali li aveva resi particolarmente robusti. Doveva essere cresciuta in campagna.

«Una sana contadina del cazzo» ringhiai esasperato mentre prendevo la mira, deciso a terminare il lavoro. Per evitare che soffocasse nel suo stesso sangue la distesi a pancia in giù, con la faccia che gocciolava su un antico tappeto Saruk. Mi tolsi l'impermeabile, lo infilai nella custodia trasparente e lo rimisi al suo posto nell'armadio. Uscendo mi fermai per dare un'occhiata alla donna. Presi la crestina come souvenir e andai a lavorare.

All'ora dell'aperitivo non si parlava d'altro in città. A mano a mano che aumentava il consumo di alcolici, crescevano anche i particolari truculenti dell'aggressione.

«Erano in quattro e l'hanno seviziata a turno» mi informò la moglie di un grossista di carni, che sfoggiava un elegante modello di volpe argentata.

«Bastardi» sibilai indignato.

Brianese era troppo occupato a rilasciare interviste per farsi vedere. Ne avrebbe approfittato per rilanciare temi cari al suo partito come l'emergenza sicurezza e il problema dei campi nomadi, che fornivano braccia ai furti e alle rapine nelle case. Conoscendolo avrebbe fatto in modo di far avere ai giornalisti le foto del volto devastato della cameriera ucraina, ma si sarebbe ben guardato dal raccontare che qualcuno aveva frugato tra le sue mutande e tra i trucchi e reggiseni della moglie. Avrebbe dovuto mentire anche sulle ragioni dell'aggressione, inventandosi un'inesistente rapina. L'avvocato, come sempre, sarebbe stato all'altezza della situazione mentre cercava affannosamente di capire chi, tra vaste schiere di avversari, aveva osato lanciargli un avvertimento così eclatante.

L'inizio di una riflessione necessaria che, con il mio aiuto, lo avrebbe portato a comprendere che aveva sbagliato a derubarmi di due milioni di euro.

Martina arrivò sola. «E Gemma?» domandai.

«Non sta bene. Ha preferito rimanere a casa stasera».

I suoi occhi frugarono nei miei alla ricerca di tracce di preoccupazione. Non riusciva a capire cosa fosse accaduto la notte precedente ma sapeva di non poter chiedere spiegazioni.

Feci segno al barista di prepararle un aperitivo. Avvicinai la bocca al suo orecchio. «Dammi il tempo di far partire la cena e poi ci andiamo a mangiare di nascosto una pizza».

Un sorriso radioso le illuminò il volto e io tornai a dedicarmi ai clienti. Due cronisti del quotidiano locale politicamente schierato con Brianese portarono notizie fresche. La cameriera non era ancora in grado di parlare ma i padroni di casa avevano denunciato la scomparsa di preziosi, denaro contante e di una collezione di monete antiche. Gli inquirenti erano già sulle tracce di una banda di moldavi. Pareva che la donna, in passato, fosse stata legata a un pregiudicato. La solita pista costruita ad arte per dare qualcosa in pasto alla stampa e tranquillizzare l'opinione pubblica.

Uno dei due sottolineò l'atto di generosità dell'onorevole che si era premurato di far visitare la donna da uno dei migliori esperti di traumatologia facciale.

«E allora vuol dire che non era in regola» scherzò in dialetto un dirigente di banca che era già passato ai padanos.

Tutti scoppiarono a ridere e io ne approfittai per svignarmela con Martina. La presi sottobraccio e camminammo sotto i portici, guardando distrattamente le vetrine.

«Quest'anno gli stivali da donna non sono granché» dissi convinto, ripetendo il commento di una cliente colto passando tra i tavoli. Lo facevo spesso quando ero a corto di argomenti.

«La verità è che hai gusti molto classici». Ne indicò un paio alti fino al ginocchio. «Quelli per esempio dovrei indossarli di nascosto».

«Ci puoi scommettere. Non ti farei mai uscire di casa con quelle schifezze ai piedi».

Continuammo a scherzare anche in pizzeria. Il proprietario venne al tavolo e mi ringraziò per avergli fatto l'onore di andare nel suo locale. A voce sufficientemente alta per essere sentito dagli altri tavoli dissi che le sue pizze erano le migliori della città. Terminati i convenevoli ci fece portare un assaggio di mozzarella di bufala che produceva lo zio Alfonso e pomodori secchi opera di qualche altro parente.

Martina ordinò birra. «Non stiamo mangiando *Würstel mit Kartoffeln*» le feci notare a bassa voce. «Un Fiano d'Avellino s'accompagna al meglio sia con la mozzarella che con il calzone alla ricotta che hai ordinato».

«La signora ha scelto bene» intervenne il cameriere dal forte accento campano e l'udito fine. «Qui la pizza è buona ma quanto a vini si zoppica... d'altronde sono pochi i clienti che lo ordinano».

«Vada per la birra» mi arresi, guardandomi attorno alla ricerca di facce conosciute nell'ambito enogastronomico locale. Mi seccava essere visto mentre violavo le regole auree del mangiar bene.

Stavo raccontando a Martina le ultime novità sull'aggressione in casa Brianese quando lei se ne uscì all'improvviso con una novità.

«Ho litigato con Gemma. Non è vero che sta male».

«E come mai?».

«È innamorata di te».

«Te lo ha detto lei?».

«Sì. Lo sospettavo da tempo ma oggi pomeriggio, al telefono, l'ho costretta ad ammetterlo».

Le presi la mano. «E ti sei arrabbiata».

«Non solo. Sono anche tanto triste. Era la mia migliore amica».

«Perché parli al passato?».

«Non la posso più frequentare» spiegò. «Non reggerei la tensione di essere continuamente a contatto con una donna che mi vuole portar via il marito».

Le rivolsi una smorfia di sorpresa.

«Cosa c'è?» domandò infastidita.

«Ma mi ci vedi a scopare con Gemma?» domandai ridendo. «Non è affatto carino che tu abbia una così scarsa considerazione dei miei gusti in fatto di donne».

Si morse il labbro. E io ne approfittai per rincarare la dose. «Tu sei una donna veramente bella e desiderabile. Gemma non lo è affatto».

«Scusa, è la mia solita insicurezza».

Cambiai tono. «Proprio così. E vorrei che riflettessi anche su quanto tu sia stata offensiva nei miei confronti con questa assoluta mancanza di fiducia. Credi davvero che basti farmi annusare un po' di figa per convincermi a tradire mia moglie? Ma lo sai quante belle donne frequentano La Nena?».

Iniziò a farfugliare scuse e ad avventurarsi in spiegazioni senza senso. Quando la vidi sull'orlo del pianto poggiai le posate sul piatto e piantai gli occhi nei suoi.

«Io ti amo e non intendo rinunciare a te per nessun motivo. Fa' la pace con Gemma. Non ha senso rompere un'amicizia così bella e importante per una crisi d'insicurezza».

«Hai ragione» balbettò. «Per fortuna ne abbiamo parlato. Ora mi sento molto più sollevata».

Lo ero anch'io. Non potevo permettermi di perdere la complicità di Gemma.

Quando tornai al ristorante e mia moglie mi salutò con un bacio sulle labbra, raccomandandomi di non fare tardi, chiamai quella cretina della sua amica.

«Che cazzo credi di fare?».

«Perché non vieni qui che te lo spiego?».

Riattaccai. Era ubriaca. Buon segno. Poi si sarebbe pentita, ci sarebbero stati fiumi di lacrime e parole inutili e tutto si sarebbe rimesso a posto. Tra di loro. Il vero problema era che ora vedevo Gemma sotto un'altra luce. Ero sempre stato attratto dalle quarantenni affette da fragilità cronica. Nell'altra vita, prima della relazione con Martina, che da questo punto di vista rappresentava la perfezione, avevo fatto irruzione nella vita di diverse donne, giocando sporco con i loro casini per trascinarle nell'abisso lasciando alle mie spalle macerie fumanti o fredde come la morte. Con la mia faccia da bravo ragazzo e i modi di fare di un gentiluomo all'antica, abilissimo a mentire e a recitare copioni per lungo tempo. Quel tipo di donna se ne accorge quando è troppo tardi. Per evitare tentazioni mi ero imposto di non entrare in confidenza con le clienti e le cameriere del locale e avevo sempre declinato le numerose offerte di relazioni. Il pompino mensile di Nicoletta era solo un'affermazione di ruoli tra soci, non mi sarei mai imbarcato in una storia con lei. Anche perché non era il mio tipo, lei gli uomini li ingoiava e ne risputava solo le ossa. Ma ora la fragilità di Gemma mi era stata servita su un piatto d'argento e dovevo tenere a freno l'immaginazione. Mi concentrai sul lavoro. A fatica.

Tre giorni dopo, quando Sante Brianese entrò alla Nena con il suo solito fare energico, fu accolto come un eroe. Era stato così abile ad approfittare della situazione che era riuscito ad apparire in tutti i telegiornali ma soprattutto nelle trasmissioni del pomeriggio, le più seguite dal suo elettorato medio. La straziante storia della povera moldava dal volto sfigurato a cui lui, di tasca sua, aveva garantito la migliore assistenza possibile, aveva commosso l'Italia intera. Si era fatto filmare e fotografare al suo capezzale, anni di arringhe e di comizi gli avevano permesso di raggiungere l'apice della retorica.

Attesi che si diradasse la ressa di clienti, poi uscii dal bancone. Lo abbracciai con trasporto e gli sussurrai all'orecchio: «E così l'affare di Dubai non è mai esistito. È una brutta cosa fregare gli amici, avvocato».

Sentii il suo corpo irrigidirsi. Mi staccai quel tanto per fissare i suoi occhi sbarrati dallo stupore e gli infilai la crestina della cameriera nella tasca del cappotto. Tornai verso il bancone. Quando mi girai Brianese stava infilando la porta. Sarebbe tornato presto. Non avevo dubbi.

Poco dopo si affacciò Martina e mi fece segno di raggiungerla.

«Cosa c'è?».

«Quella scema di Gemma si vergogna di entrare» spiegò indicandola.

Era leggermente nascosta dalla colonna di un portico, muoveva i piedi come se ballasse fuori tempo e aspirava il fumo con grande avidità.

Le andai incontro. «Guarda, non so davvero…» borbottò.

«Da domani mattina smetti di fumare».

«Scusa?».

«Non hai detto che ti sei innamorata di me?» risposi in tono duro. «Io non prendo in considerazione donne che puzzano di tabacco. Se vuoi metterti sul mercato comincia a rigar dritto».

Mi girai e tornai verso Martina. «Tutto a posto, amore mio» la tranquillizzai. «Il vostro tavolo è quello all'angolo. Dovrete sorbirvi la compagnia di un produttore di prosciutti di Montagnana e di sua moglie, ma sono simpatici, vi troverete bene».

Gemma evitò di guardarmi tutta la sera. Era sottosopra. Toccava a lei la prossima mossa. Da un lato speravo che spalancasse la porta dandomi la possibilità di impadronirmi della sua vita, di saccheggiare la sua dignità, dall'altro speravo che non lo facesse. Era l'ultima cosa di cui avevo bisogno, ora che avevo aperto un filo diretto con Brianese sulla faccenda dei due milioni di euro.

Avrei scommesso che l'avvocato si sarebbe fatto vedere di persona invece mandò Ylenia, la fedele segretaria. Si aggiustò gli occhiali di design sul naso. «L'onorevole desidera parlarle» annunciò. «Ma ha una riunione e riuscirà a venire solo molto tardi. La prega di attenderlo».

«Per l'avvocato ci sono sempre» ribattei con lo stesso tono pomposo.

Se ne andò pestando leggermente sui tacchi. Le dava fastidio che non usassi il termine onorevole per riferirmi a Brianese, ma non c'era verso che mi uscisse dalla bocca senza sembrare irriverente.

Fu una serata densa di novità. Martina mi fece segno di avvicinarmi al tavolo e mi annunciò che Gemma aveva deciso di smettere di fumare.

«Non è affatto facile» commentai come se non fosse presente. «Conosco un sacco di gente che non ce l'ha fatta».

«Non essere così negativo» mi sgridò. «Dovresti incoraggiarla, invece».

«No, ha ragione» mi difese l'interessata. «Ma ho tutta l'intenzione di provarci».

Poi fu la volta del proprietario di una nota enoteca. Si sedette al banco e ordinò un amaro. Il barista afferrò la bottiglia ma io lo fermai. Presi il cognac della mia riserva e ne versai due bicchieri. Aveva gli occhi arrossati e cerchiati da ansia e stanchezza. Era il ritratto di un uomo in difficoltà. Non mi costava nulla essere gentile e vedere se potevamo esserci utili a vicenda.

«Non è da te bere quegli intrugli» dissi porgendogli il *ballon*.

«Ho problemi con la bottega e non so come venirne fuori» biascicò in dialetto. «Pensa che l'aveva aperta il mio papà come fiaschetteria, poi, quando erano cominciati a girare i soldi e qui tutti si davano arie da intenditori e pretendevano solo vino imbottigliato, ho cambiato l'insegna e mi sono iscritto al corso di sommelier della Camera di commercio…».

«E ora sei uno dei tanti commercianti e imprenditori colpiti dalla crisi, massacrati dalle banche che hanno chiuso il rubinetto, e che, a cinquant'anni, se chiudono l'attività non sanno come campare» riassunsi in tono piatto per evitare di ascoltare la storia di tutta la sua vita. «Come ti posso essere utile?».

Si passò una mano sulla faccia. «Non voglio chiudere» rispose con voce rotta.

«Non faccio prestiti a fondo perduto, mi spiace» gli dissi.

Scosse la testa e trangugiò il cognac. «Sto cercando un socio».

«Non sono interessato, ho già abbastanza rogne con La Nena» ribattei. Poi indicai un fascio di fogli che gli spuntavano dalla tasca posteriore. «Potrei però alleggerirti il magazzino».

Aprì sul banco l'inventario spiegazzato e lo scorsi. Vini e liquori di qualità, non c'era dubbio. «Se ti compro tutto che prezzo mi fai?».

Sparò una cifra che era indubbiamente corretta e vantaggiosa ma che non avevo nessuna intenzione di pagare.

Gli restituii l'inventario. «È un buon prezzo ma non posso permettermelo. Nemmeno a rate».

I suoi occhi erano come un libro aperto. «Se non saldo i fornitori in fretta nessuno mi darà più una bottiglia a credito».

«Allora rinuncia a tentare di guadagnarci qualcosa. Non te lo puoi permettere».

Annuì. La nuova cifra era decisamente più abbordabile. Riuscii a spuntare ancora qualcosa e ci stringemmo la mano. Rifiutò un altro bicchiere e uscì con la testa incassata tra le spalle.

Era uno dei tanti che in quel periodo giravano a caccia di una soluzione per salvare l'aziendina. Erano quelli che avevano capito troppo tardi che la pacchia era finita e non erano corsi ai ripari in tempo. Più di qualcuno aveva infilato il collo in una corda o aveva collegato il tubo di scappamento all'abitacolo dell'auto. I giornali ne avevano parlato e i politici avevano finto di preoccuparsene. Se non avessi avuto il giro di puttane, La Nena mi avrebbe trascinato a fondo e per non diventare come quel tizio sarei stato costretto a tornare a occuparmi di prelievi bancari a mano armata. Un motivo in più per farsi restituire i soldi da Brianese.

Avevo chiuso la cassa da un pezzo e cuochi e camerieri se n'erano già andati quando l'avvocato si chinò per passare sotto la saracinesca mezzo abbassata.

Si accomodò su uno sgabello del banco. «Siamo soli?».

«Ovviamente. Cosa desidera bere?».

«Nulla. Sto bene così, grazie» rispose prima di dirigersi verso la saletta.

Mi versai da bere e lo raggiunsi con tutta calma.

«Cosa cazzo pensavi di ottenere con quel macello che hai fatto a casa mia?» mi aggredì, fremente di rabbia.

«Esattamente questo» risposi continuando a ostentare tranquillità. «Un dialogo franco e schietto. Non dico tra amici, ma tra persone che si rispettano e si comportano correttamente l'una con l'altra».

Ghignò. «Tutto qui?».

«Lei non ha mai pensato per un attimo di restituirmi i due milioni che mi aveva fottuto con il finto affare di Dubai» iniziai a spiegare. «Mi avrebbe rifilato la giusta quantità di frottole per tenermi buono e allo scadere del tempo non avrei rivisto nemmeno un centesimo. E sa perché?».

«Sono tutto orecchi» rispose arrogante.

«Perché lei ha commesso l'errore di continuare a considerarmi, con una buona dose di pregiudizio e disprezzo, l'uomo che ero un tempo, quello che si era presentato nel suo studio con una borsa piena di denaro e una fedina penale da ripulire».

«Perché, sei cambiato?» mi provocò.

«Certo. Solo lei non se n'è reso conto».

«Vallo a raccontare alla cameriera o a mia moglie. Hai trasformato la mia casa in un incubo e mi vieni a dire che sei un fiorellino di campo?».

«Di certo più di lei. Ed era l'unico modo per attirare la sua attenzione».

«Tu sei malato e pericoloso» sibilò. «In questo sistema nessuno si fa male. Puoi perdere soldi, come è capitato a te, puoi perdere la reputazione oppure finire in galera, ma non si finisce all'ospedale o al camposanto. Siamo in Veneto, non al Sud!».

«Allora vuol dire che sono la variabile impazzita del suo sistema del cazzo, avvocato, e le assicuro che mi sono limitato a darle una piccolissima dimostrazione delle mie capacità professionali nel campo della violenza. Lei non può nemmeno immaginare quanto posso essere bravo…».

Divenne bianco come un lenzuolo, ma il tono della voce non tradì nessuna paura. «Non osare minacciarmi».

«Non ci penso proprio, altrimenti sarei qui a sbizzarrirmi con una lunga lista di richieste» ribattei. «Voglio solo che sia chiaro che da oggi in poi lei deve mantenere gli impegni che ha assunto nei miei confronti».

«Tutto qui?».

«Due milioni, più il venticinque per cento di interessi entro un anno».

Rimase in silenzio a fissarmi per un po', poi girò sui tacchi e si avviò verso la porta.

«Avvocato» lo chiamai a voce alta e tagliente. «La Nena, come sempre, è a sua disposizione ma non è più gratis».

«D'accordo» disse annodando intorno al collo la sciarpa di cachemire. «Ti mando Ylenia. È lei che si occupa di questi dettagli».

«Ma vai a fare in culo, stronzo» masticai tra i denti.

Rimasi seduto a godermi il cognac nel silenzio della saletta. L'avevo creata perché lui si sentisse al sicuro per trattare affari e pianificare intrighi ai danni dei suoi nemici.

Invece avrei fatto meglio a riempirla di microfoni. Andando su e giù con piatti e bottiglie avevo ascoltato frammenti di discorsi che, messi sul mercato, mi avrebbero permesso di triplicare la cifra che mi doveva l'avvocato.

Il percolato di una discarica sversato a mare per risparmiare sui costi di gestione, mazzette per truccare i dati delle ASL sui tumori provocati da un inceneritore, altre per convincere fior di professoroni ad appoggiare nucleare e carbone, protesi difettose ma a buon prezzo, che un giorno sarebbe stato necessario sostituire ma due interventi chirurgici costano più di uno, studi truccati per costruire due tronconi di autostrada assolutamente inutili...

Una volta ero dovuto intervenire per separare due ingegneri, titolari di noti studi, che se le stavano suonando di brutto per una faccenda legata alla progettazione di un nuovo ospedale.

Ero stato un coglione. Invece di giocare sporco come Brianese, l'avevo protetto, coccolato, addirittura gli avevo fatto da ruffiano con l'unico obiettivo che mi onorasse della sua considerazione e frequentasse La Nena.

E fregarmi due milioni di euro era stato il suo modo di ripagarmi.

Chiusi il locale e tornai a casa da Martina e dalle sue creme.

La mattina seguente mia moglie mi parlò a lungo di Gemma e dei suoi sforzi per migliorare. Più parlava della sua amica e più ne ero turbato. In nessun modo sarei riuscito a dominarmi, si trattava solo di capire quando e come avrei oltrepassato la soglia.

Cambiai argomento. «Come sta tuo padre?».

«Al solito. Mi sembra impossibile che la scienza non riesca a scoprire una cura efficace».

Alzai lo sguardo dal vasetto di yogurt che mi facevo preparare dal cuoco. «E a me sembra impossibile che tu dica cose tanto banali».

Mi fece una boccaccia mentre aggiungeva un cucchiaino di zucchero di canna nel tè. «Pensavo di dedicargli tre mattine, il lunedì, il mercoledì e il venerdì, e di spostare gli allenamenti di zumba fitness, pilates e gliding, i massaggi e la corsa nel pomeriggio».

«Troppe cose insieme» commentai sbirciando il foglio con gli impegni della settimana attaccato al frigorifero. «Così il corpo ne risente. Dovrai rinunciare alla corsa».

Mi guardò sorpresa. Non se l'aspettava. «Correggerò un po' la dieta, ma non ci sono altre soluzioni» aggiunsi. «Ovviamente dovrai rinunciare del tutto all'alcol perché quel furbacchione si trasforma in un brutto grasso giallo che non riusciresti più a eliminare».

«Ma se bevo pochissimo!».

«E allora non farai nessuna fatica a rinunciarvi».

La sbaciucchiai e la coccolai per un paio di minuti. «Ora devo proprio andare».

«Ho voglia di fare una vacanza con te. Noi due da soli, una spiaggia da sogno…».

Rabbrividii al pensiero rammentando il viaggio di nozze in Polinesia. «Quando La Nena sarà cresciuta abbastanza per rimanere da sola» buttai lì, aprendo la porta. Mi fermai e non ebbi bisogno di voltarmi per essere molto chiaro. «È un periodo difficile e le vacanze sono il mio ultimo pensiero».

Ylenia mi stava aspettando con il conforto di un cappuccino e di una pastina di riso. Mi feci portare un bicchiere di latte di capra camosciata delle Alpi, ultima novità della Nena.

«Ho preparato un prospetto con le varie iniziative e una prima stima di costi come base di discussione» iniziò a spiegare, aprendo un'elegante borsa portadocumenti. «Ci aspettiamo che lei ci venga incontro con prezzi di favore, quale contributo personale alla battaglia politica che ci apprestiamo a combattere per difendere le posizioni del partito nel territorio».

La osservai. Era carina nonostante il taglio severo del tailleur, il tacco basso, i capelli lisci appena appoggiati sulle spalle. Aveva un corpo minuto ma ben tornito, lineamenti un po' spigolosi ma gradevoli. Le gambe erano il punto debole, con caviglie e polpacci poco aggraziati.

Ricambiò lo sguardo con arroganza e in quel momento, senza una ragione precisa, ebbi la certezza che era l'amante di Brianese. Avevo considerato quella possibilità per poi scartarla. Non avevo mai dato importanza a quella trentenne sempre perfetta ma poco appariscente. L'avevo liquidata come "la segretaria che tutti i professionisti vorrebbero avere": presentabile ed efficiente.

E mi ero sbagliato ancora una volta. Tutti quegli anni di differenza non le avevano impedito di legarsi all'avvocato di grido, quello che vinceva le cause, che era entrato in politica ed era diventato ancora più famoso e potente. E corrotto. Mi domandai quanto sapesse dei suoi affari. Se ci andava semplicemente a letto forse non più di tanto, ma se tra i due c'era vero amore allora lei era complice e confidente.

Ylenia interpretò il mio silenzio come un invito a continuare a illustrare gli obiettivi politici.

«Non c'è bisogno che mi convinca» la interruppi. «Mi faccia vedere questo prospetto».

Temevo di dover affrontare una lunga trattativa ma le cifre proposte erano più che accettabili. «Non sono quelle che mi aspettavo» mentii. «Ma per l'amicizia che mi lega all'avvocato e per il contributo che tutti dobbiamo dare al partito, accetto senza discutere».

Le sfuggì una smorfia di scherno che non mi piacque affatto. Le chiesi di rimanere per fare ancora due chiacchiere, e di darci del tu. Sfoggiai tutto il mio fascino inutilmente. Rimise a posto le carte e si alzò. Mi porse la mano, curata e adornata di anelli per almeno ventimila euro.

«Arrivederci» mi salutò senza guardarmi negli occhi.

"Quella stronza sa molto di più di quel che dovrebbe sapere" pensai. Quell'istinto di ex guerrigliero ed ex rapinatore che mi aveva salvato il culo in più di un'occasione mi suggerì di diffidare di Ylenia, perché poteva rivelarsi un'avversaria pericolosa o, peggio, una mina vagante. Mi diedi del cretino. La conoscevo da quando era stata assunta e non me n'ero mai accorto.

Liquidai in fretta un rappresentante di formaggi francesi e avvertii il cameriere anziano che mi sarei assentato.

Roby De Palma era un cliente assiduo della Nena e di altri locali frequentati da gente danarosa. Era un investigatore privato, ed essere conosciuto era il modo migliore per essere assunto. Si occupava perlopiù di indagini senza importanza, io mi servivo di lui per controllare i dipendenti. Sia al momento dell'assunzione che in seguito, con verifiche periodiche. Non volevo correre il rischio di ritrovarmi una mela marcia che mi mandava a puttane la reputazione del locale. Roby non era un genio, ma aveva di buono che aveva le conoscenze giuste e riusciva a ottenere informazioni del tutto confidenziali.

Saltai su un taxi e mi feci portare nel suo ufficio, in un palazzone anonimo della zona industriale ormai quasi interamente occupato da ditte cinesi di import-export.

Quando mi fece accomodare nel suo studio indicò la

Gazzetta dello Sport aperta sulla scrivania. «Stavo esaminando un caso importante» scherzò.

Mi sedetti sulla poltroncina. «Ylenia Mazzonetto».

«La segretaria di Brianese?».

«Proprio lei».

«Cosa vuoi sapere?».

«Quello che non vuole che si sappia in giro».

«Non è che mi cacci nei guai?».

«Tranquillo. M'attizza e sono curioso».

«T'attizza? Ma dài, non dire cazzate! È carina, ma con quelle fighe che girano nel tuo locale…»

Alzai le spalle. «Ho un sacco di soldi in ballo per la campagna elettorale e li gestisce lei…».

«Così va meglio» commentò. «E per me di soldi ne hai abbastanza? Questa indagine può trascinarsi per le lunghe».

«Non approfittartene» lo ammonii. «E soprattutto non passare le "mie" informazioni ai padanos. So che hai traghettato…».

Fece finta di offendersi. «Ma per chi mi hai preso? Lo sai che sono un professionista serio».

Contò le banconote contenute nella busta che gli avevo passato. «Facciamo il doppio, che dici?».

«A saldo di un ottimo lavoro» risposi alzandomi.

«Dovresti farci un pensierino anche tu» disse mentre mi accompagnava alla porta. «I padanos sono il futuro, qui».

Allargai le braccia. «Sono legato a Brianese da troppo tempo e La Nena sarà la sua vetrina durante la campagna elettorale… È tardi per i ripensamenti».

«Non per prendere una tessera…» commentò. «Cazzo, mi ricordo mio padre che ne aveva quattro o cinque in tasca, DC, PSI e perfino quella del PSDI che adesso non saprei nemmeno dirti che partito fosse».

«Ci penserò» finsi di promettere.

*

Alla fine di un giorno noioso l'onorevole Brianese venne a bere l'aperitivo accompagnato da Ylenia e Nicola. Si comportò come al solito e con me fu particolarmente affettuoso e gentile. Mi coprì di lodi di fronte a tutti e annunciò che La Nena sarebbe stato un punto di ritrovo importante per le iniziative del partito.

«Se vorrete bere un bicchiere in compagnia dei big della politica italiana dovrete venire qui».

Poi mi fece cenno di avvicinarmi. «Puoi riaprire la saletta» disse a voce bassa. «Dato il ruolo pubblico del locale circoleranno parecchi giornalisti e non ci possiamo permettere di correre rischi, quelli ci mettono un attimo a fare due più due».

Sentii puzza di bruciato. «Le mie ragazze sono sempre a sua disposizione, giusto?».

«Sotto elezioni è meglio se facciamo tutti i bravi ragazzi. Magari dopo…».

L'avvocato si scusò di non poter rimanere a cena e se ne andò insieme ai suoi fidi collaboratori. Notai Roby De Palma svuotare con un sorso il suo spritz e accodarsi discretamente al terzetto.

Con una mossa molto abile e formalmente ineccepibile Brianese mi aveva tagliato fuori dai giri importanti. Con la scusa di non farsi vedere in compagnia di personaggi che potevano destare curiosità da parte dei ficcanaso di professione, voleva evitare conversazioni come quella che mi aveva permesso di scoprire tramite Domenico Beccaro l'imbroglio dell'affare di Dubai. Non aveva senso però non continuare a usufruire del mio servizio di fornitura di belle ragazze. Ero l'unico in grado di tenere al sicuro lui e il suo giro da gossip e scandali, ed era certo che nessuno di loro avrebbe tenuto l'uccello dentro i pantaloni durante la campagna elettorale.

Dovevo fingere di essere contento per l'investitura del locale, ma in realtà fremevo di rabbia. L'avvocato continuava imperterrito a fottermi. Mi costrinsi a fare il solito giro dei tavoli col sorriso sulle labbra.

«E allora Gemma, stai resistendo alla tentazione di accenderti una sigaretta?» domandai quando arrivai al tavolo dove sedeva con Martina.

«Certo» rispose orgogliosa.

«Pensa che per solidarietà con la mia dieta analcolica stasera ha rinunciato a bere perfino l'aperitivo» intervenne mia moglie.

La guardai sorpreso. «Ma che brava!». Poi mi rivolsi alla mia signora: «Vuoi vedere che ha deciso di trovarsi un uomo?».

Gemma arrossì, le diedi un buffetto paterno e passai a un altro tavolo.

Pensai a Martina, al momento in cui le avrei detto: «Spinning, baby, spinning» e alla calma che sarebbe seguita e che mi avrebbe permesso di ragionare.

Poco prima della chiusura ritornò De Palma. «La segretaria Ylenia si scopa l'onorevole» annunciò. «Hai presente quei residence costruiti per essere discreti, dove t'infili con la macchina nel garage sotterraneo e usi l'ascensore per raggiungere il piano?».

Attese il mio cenno affermativo per continuare. «È fuori città e l'appartamento risulta intestato a una società, la Nasco Costruzioni Spa, che ufficialmente lo usa come alloggio per gli ingegneri che vengono da fuori».

«E come hai fatto a scoprirlo a quest'ora della notte?».

Tirò fuori il cellulare dalla tasca del piumino. «Una telefonata alla persona giusta».

I due soci della Nasco avevano partecipato a diverse cene nella saletta con Brianese e goduto dei favori delle mie ragazze. Ma mi guardai bene dal riferirlo all'investigatore.

«Volevo sapere se devo continuare su questa strada» chiese.

«Perché mi fai questa domanda?».

«Perché preferirei sapere esattamente cosa stai cercando, piuttosto di trovarmi nelle condizioni di scoprire cose con cui non voglio avere a che fare. Sento un certo odore di merda e anche di politica, ma non so qual è il più forte».

«Sei stato chiaro e io voglio esserlo altrettanto. Voglio sapere esattamente quanti peli ha sul culo la signorina Ylenia Mazzonetto, e se capita di scoprire altro sono pronto a pagare la differenza».

«Non ce n'è bisogno. Sei un buon cliente e qui si mangia e si beve bene».

Abbozzò un vago saluto militare e lasciò il locale.

E così avevo visto giusto: Brianese e Ylenia avevano una relazione e io lo avevo scoperto tardi. Sforzarmi di essere un bravo e onesto cittadino per undici anni mi aveva reso cieco, fesso e indifeso. L'avvocato lo aveva capito e aveva pensato che meritavo di essere derubato di due milioni di euro. Avevo reagito ed era stato costretto a cambiare strategia per tenermi buono, ma il messaggio era chiaro: il più forte era e sarebbe rimasto sempre lui.

Mi interessava ben poco giocare a chi ce l'ha più lungo. Il mio unico obiettivo era tornare in possesso dei due milioni e duecentocinquantamila euro che mi doveva.

Il tempo non passava mai. Avevo bisogno di Martina e del fruscio incessante del rullo della spin bike. Chiusi il locale e m'incamminai a passo veloce verso casa quando incrociai tre ragazze che passeggiavano spensierate, chiacchierando e fumando. Cambiai direzione.

«Non ti aspettavo» disse Gemma con la voce che le tremava leggermente.

Allungai il piede dentro l'uscio e subito dopo lo ritrassi. «Posso entrare o posso far finta di non essere mai stato qui. Cosa faccio?».

Deglutì. «Puoi entrare, se vuoi».

Ripetei il gesto del piede con estrema lentezza. «Questo gioco ha regole diverse: entro solo se me lo chiedi e ti assicuro che se lo faccio nulla sarà come prima».

«Vuoi farmi paura?».

«Voglio solo che tu sia cosciente di quello che accadrà» mormorai. «Io sono il lupo cattivo che divora Cappuccetto Rosso e s'incula la nonna e il cacciatore».

Chiuse gli occhi per godersi il brivido che le correva lungo la schiena. «Entra».

Lasciai l'appartamento alcune ore più tardi. Gemma, nuda e ubriaca, fumava e piangeva rannicchiata su un divano.

Anche mia moglie era sul divano. Doveva avermi aspettato, poi aveva ceduto al sonno. Sul grande e costoso schermo al plasma scorrevano le immagini di un episodio di una vecchia serie televisiva. Andai a farmi una doccia per togliermi di dosso l'odore di Gemma.

«Scusa se mi sono addormentata» si giustificò Martina l'indomani mattina mentre mi versava il caffè. «Ma devi essere rientrato molto tardi e non ti ho sentito».

Non dissi nulla. Mi limitai a guardarla. In realtà stavo pensando ad altro e cioè che non era possibile che Brianese si affidasse a un giro di donnine allegre privo del certificato di garanzia di riservatezza totale. Aveva troppo da perdere e i suoi soci in affari erano per la maggior parte personaggi del calibro di Domenico Beccaro, pronti a fare pazzie per donne ben diverse da quelle che avevano sposato e a vantarsene come ragazzini. Le mie bellezze, invece, erano solo fugaci apparizioni tra le lenzuola di letti di ville sconosciute, e anche mettendosi d'impegno a ricostruire luoghi, date e situazioni, sbirri e magistrati non sarebbero arrivati a un bel nulla.

Da quanto sapevo non esistevano organizzazioni in grado di offrire un tale livello di sicurezza. L'unica spiegazione possibile era che Brianese stesso avesse incaricato qualcuno dei suoi clienti, suggerendogli metodi e procedure.

Afferrai Martina per le spalle. «Mi aspetto che tu stasera sappia rimediare».

Sospirò di sollievo. «Ma certo, amore. Dimmi come vorresti che...».

Alzai di un tono la voce. «Forse è il caso che sforzi un po' l'immaginazione, che dici?».

Nicoletta mi diede appuntamento in un centro commerciale di un'altra provincia dove aveva fatto visita a una cliente. Con lei c'era la cinese, che aveva ribattezzato Lin. Anche quelle che avevamo gestito in precedenza si chiamavano allo stesso modo. Per lei erano tutte uguali.

«Vatti a guardare le vetrine» ordinai a Lin.

«Sei di cattivo umore o c'è qualche problema?» domandò la mia socia.

«Brianese ci ha fatto fuori. Almeno fino a dopo le elezioni».

«Il motivo?».

«Ha detto che non vuole correre rischi».

«Stronzate» ringhiò. «Durante le campagne elettorali trombano tutti come conigli. Festini, voltafaccia, tradimenti, ringraziamenti. Ogni occasione è buona...».

«Comunque sia ne siamo fuori. Dobbiamo prendere una decisione».

«Liquidare la ditta non ha senso» ribatté decisa Nicoletta. «Abbiamo le ragazze, le case, sappiamo muoverci... all'inizio sarà dura ma nel giro di qualche mese possiamo rimettere in piedi un bel movimento di clienti».

«E di che tipo?» chiesi. «Il giro degli imprenditori stranieri non sarà mai sufficiente e non posso mandarti gente dal locale o mettere in giro la voce. È il modo migliore per finire in galera».

«Ho fatto degli investimenti e non posso permettermi di perdere tutto».

"Nemmeno io" mi dissi, pensando alla Nena. «Tra un po' scade il tempo di permanenza delle ragazze» annunciai. «E se da un lato l'investimento iniziale è in attivo perché le vendiamo al doppio di quello che le abbiamo pagate, dall'altro bisogna vestirle, addestrarle... Non credo che valga la pena».

«Sono d'accordo. Conviene che ci teniamo queste fino a quando non superiamo la crisi». Notò la mia perplessità. «Fidati. Le faccio vivere in un mondo fatto di cazzi, lingerie, reality e soap opera sudamericane e cinesi. Non sanno nulla di compromettente».

Non ero del tutto convinto, ma forse valeva la pena provare per qualche mese, in fondo sul piano della vendita non avremmo perduto nulla.

«D'accordo» sbuffai. «Tienimi al corrente degli sviluppi. Io intanto mi guardo attorno a caccia di qualche altro politico che possa sostituire Brianese, anche se nutro poche speranze».

Tornando verso il centro feci un po' di calcoli. Con le entrate della campagna elettorale avrei ridotto notevolmente le perdite della Nena, ma un po' di soldi avrei dovuto comunque metterceli per chiudere in pari, e le puttane non erano più così remunerative. Un bel casino. Il mio futuro dipendeva sempre di più dai soldi che mi doveva restituire Brianese.

Tre giorni dopo Roby De Palma si presentò all'ora di pranzo. «Hai tempo di passare da me nel pomeriggio?».

«Oggi abbiamo pasta e fagioli e baccalà alla vicentina, accompagnato da un tocai rosso strepitoso» lo tentai. «Se vuoi ti scegli un tavolo e facciamo due chiacchiere dopo il dessert».

Indicò una coppia che stava mangiando un antipasto a base di carne secca di cavallo. «Mi siedo lì, lui è un dentista e ho bisogno di un paio di otturazioni…».

Martina era stanca. Aveva accudito il padre per l'intera mattinata. Mi impietosii e dissi al cameriere di servirle una fetta di pinza, un dolce della più antica tradizione veneta, a base di farina gialla e frutta secca. Mi mandò un bacio dal tavolo.

Alle 14.30 in punto la cucina chiuse, i ritardatari dovettero accontentarsi di tramezzini e piatti freddi. Roby De Palma stava sorseggiando la seconda grappa quando gli feci segno di raggiungermi in saletta.

«Non ero mai stato qui» disse.

«Era riservata alle aziende, ma ora la rendo disponibile a tutti i clienti. Si sono messe a risparmiare anche le più grosse».

L'investigatore accese un pc portatile. «Dopo ti lascio una chiavetta usb con la relazione e le foto».

Mi sedetti al suo fianco. «Hai trovato quello che cercavo?».

«Non lo so» rispose. «So però che oltre non vado».

«Avrai i tuoi buoni motivi».

«Non voglio farmi nemici» disse. «Con questo mestiere posso campare bene se mi tengo a un livello basso, capisci quello che voglio dire?».

«Perfettamente».

«Parto dalla nascita o salto i preliminari?».

«Vai al sodo, Roby».

Cliccò sull'icona di una cartella contenente fotografie e cominciò a scorrerle. Ogni immagine era corredata di data e luogo. «La nostra Ylenia non segue Brianese a Roma ma non è mai nemmeno in studio» iniziò a raccontare. «Incontra un sacco di persone in tutto il Veneto, la maggior parte alla luce del sole…».

«Raggranella voti per il suo capo».

«Già. Però a volte si comporta in modo strano» aggiunse in tono ironico. «E gli appuntamenti si svolgono in luoghi particolari come palestre, grandi magazzini, parcheggi… Ora capisci perché voglio chiudere qui l'inchiesta?»

Stavo per rispondere, ma all'improvviso riconobbi una persona che stava parlando con Ylenia nella caffetteria di una grande libreria alle porte di Treviso e mi si gelò il sangue quando controllai la data.

«Questa tizia frequenta il tuo locale da sempre» commentò l'investigatore.

«Ed è l'unica che non c'entra con i presunti affari della coppia Brianese-Mazzonetto» mentii, cercando di essere convincente. «Nicoletta Rizzardi vende lingerie a tutte le donne che conosce. Rifornisce regolarmente anche mia moglie, s'incontrano dopo il corso di pilates».

Ebbi l'impressione che se la fosse bevuta. Mi mostrò ancora alcune foto, che guardai senza prestarvi la minima attenzione, poi spense il portatile. «Quando paghi?» domandò in tono pratico.

«Passa stasera, ti offro l'aperitivo».

Lo accompagnai all'uscita e ripresi la mia posizione alla cassa. E brava Nicoletta! Anche la mia socia aveva deciso di fregarmi. Mi stavo spremendo le meningi cercando di capire chi forniva le escort a Brianese con lo stesso standard di sicurezza ed ero io stesso. Mi ero fatto portar via anche le puttane. Ormai era chiaro che l'avvocato aveva pianificato una strategia affinché non fossi più in condizione di nuocergli mentre si godeva i frutti del mio denaro, oppure per rovinarmi, o peggio, distruggermi.

In quel momento sarei voluto andare a trovare Nicoletta, caricarla in macchina insieme alle ragazze e andare a far visita ai maltesi. Sarebbe sparita per sempre, come le altre che avevamo gestito e spacciato per escort ai nostri clienti. Ma sarebbe stato un errore. L'ennesimo. Era arrivato il tempo di ricordarmi chi ero stato, cosa avevo fatto per conquistarmi una vita da vincente.

Avevo sparato in testa al mio migliore amico, avevo tradito, stuprato, rapinato, eliminato chiunque si fosse messo di traverso per impedirmi di raggiungere il mio obiettivo.

Loro avevano conosciuto un uomo diverso, disposto a tutto pur di piacere ed essere accettato. Non avevano la minima idea di chi fosse veramente Giorgio Pellegrini.

Dedicai un po' di tempo a verificare il tradimento di Nicoletta. Fu sufficiente controllare il giro delle villette. Non ebbi più dubbi quando vidi Brianese scendere da una Porsche Panamera insieme a due amministratori della Provincia e a un volto noto di una televisione locale ed essere accolti sull'uscio dalla mia socia.

Era evidente che tutto quello che mi stavano facendo non era sufficiente a rendermi "innocuo". Il colpo di grazia doveva ancora arrivare e mi sembrava di impazzire perché non riuscivo a immaginare quale piano avesse escogitato l'avvocato. Per fortuna era iniziata la campagna elettorale e La Nena mi assorbiva ogni energia. Solo alla chiusura la mente si affollava di pensieri e incubi che dovevo scaricare su Martina e su Gemma. Tendevo a proteggere mia moglie, che era pronta a immolarsi con amore e dedizione, e mi accanivo sulla sua amica.

Una notte, mentre mi stavo rivestendo, Gemma si alzò barcollando e accese l'impianto hi-fi. Un attimo dopo dalle casse uscì la voce di Caterina Caselli:

Ti senti il re di cuori
e prendi un cuore quando vuoi
lo tieni un po'
vicino a te
e poi lo lasci…

«Spegni» ordinai infastidito.

«No, no… ascolta le parole…».

Il vento maestrale
spezza i fiori qua e là
tu spezzi il cuore
di chi non è che una bambina
che sta in mano a te.
La vita è una corrente
che ti porta sempre giù…
Re di cuori vorrei sapere
Il cuore tuo dov'è…

Schiacciai il tasto "off". La voce della Caselli mi ricordava un altro brano che pensavo di aver cancellato dalla memoria. A Roberta piaceva *Insieme a te non ci sto più*, era la nostra canzone. Al suo funerale, sulla corona avevo fatto scrivere "Arrivederci amore, ciao".

Gemma continuò a canticchiare il ritornello: «Re di cuori vorrei sapere il cuore tuo dov'è» puntandomi addosso l'indice.

Le afferrai il mento. «Zitta».

«Tu sei il Re di cuori, io lo so».

«Non dire cazzate».

«Come so che hai ucciso Roberta».

L'afferrai per i capelli e la costrinsi a inginocchiarsi. «Ho capito il tuo giochetto e non mi piace per niente».

«Lei non era adatta a te, non sapeva che l'unico modo di amarti è abbandonarsi e precipitare nell'abisso che tu scavi per ogni donna che ti lascia avvicinare».

La buttai a terra con una spinta e mi infilai i pantaloni. Gemma strisciò fino alle mie gambe e le abbracciò forte. «Ti prego, non me ne frega nulla di Roberta. Voglio solo che tu sappia che di me puoi fare quello che vuoi».

«Tu sei solo un passatempo, Gemma» la provocai. «Martina è e sarà l'unica donna della mia vita».

«Passatempo, giocattolo, bambola, trastullo, spasso... Sono quello che vuoi, Re di cuori, basta che mi usi».

«Guardami».

La fissai a lungo e ciò che vidi nei suoi occhi mi provocò un'ondata di desiderio. La spinsi verso la cucina e quando capì cosa avevo in mente iniziò a ridere piano.

«Questo mi farà impazzire, Re di cuori».

Tornai a casa poco dopo le nove del mattino. Martina era seduta su una sedia vicino alla porta d'ingresso. Schizzò in piedi e mi corse incontro con gli occhi pieni di lacrime. «Oh, Giorgio, ero così preoccupata».

Non dissi una sola parola. Mi aiutò a togliermi il cappotto continuando a raccontare che razza di notte d'inferno aveva trascorso. Quando appoggiò la testa sul mio petto sentì l'odore di un'altra donna. Si irrigidì e fece per allontanarsi ma io la strinsi forte. Tentò di divincolarsi ma glielo impedii.

«Perché mi fai questo, Giorgio?» singhiozzò.

«Perché ti amo».

«Lo sai che non hai bisogno di altre».

«È un periodo difficile. Ma passerà se tu sarai al mio fianco e mi dimostrerai il tuo amore».

«È difficile accettare di non essere l'unica».

«Dovrai essere forte».

Pianse per qualche minuto. «Spero di non conoscerla» disse soffiandosi il naso. «Usa lo stesso profumo di Gemma ma è piuttosto comune».

«Preparami un bagno».

Mentre Martina mi strofinava le gambe con la spugna

decisi che era arrivato il momento di fare due chiacchiere con Michail.

Lo incontrai nella solita area di servizio vicino Bologna. Gli feci da spalla nella sceneggiata dell'omonimia con lo scrittore sovietico Šolokov ma quando tirò fuori il pc per mostrami il nuovo catalogo di ragazze da importare gli svelai il vero motivo per cui l'avevo invitato a quell'appuntamento.

Meditò sulla proposta per qualche minuto, lanciandomi ogni tanto delle occhiate diffidenti. «È una richiesta insolita» commentò. «Ma è anche vero che i soldi in ballo non sono pochi».

«E allora qual è il problema?».

«Sei tu» rispose. «Vedi, io ho una grande esperienza di fregature, per questo mi accontento di raccogliere i soldi delle marchette di una squadra di puttane, di picchiarle senza lasciare segni quando si comportano male, e di farmi comandare da due streghe cattive, che ogni mese sganciano venticinque mila euro a un vicequestore per tenere lontane le divise…».

«Scusa, Michail, ma non capisco dove vuoi arrivare. Con me fai affari e pure fregando le tue datrici di lavoro».

Sbuffò. «Non c'è gusto a parlare con voi italiani del Nord… non si riesce mai a fare un discorso come si deve».

Allargai le braccia. «Ti chiedo scusa, continua…».

«Io conosco i criminali come te. Fino a quando c'è da fare uno scambio soldi con ragazze va tutto bene, ma se il lavoro comprende la violenza, tu sei uno di quelli che alla fine ammazza il socio per non dividere il malloppo. Capisci quello che voglio dire?».

Lo fissai allibito, ma poi scoppiai in una sonora risata. «Hai ragione, Michail. Io sono esattamente così. Ma in questo caso non c'è nulla da dividere. Se vuoi ti pago il lavoro in anticipo».

«Allora si può fare».

Impiegai una ventina di minuti a spiegare il piano nei dettagli e a rispondere alle sue domande.

«Lo parli bene l'italiano, Michail» dissi alla fine.

«Nonostante sia un cosacco?» scherzò, guardandosi bene dal rispondere. Ma nemmeno io ero un fesso e sapevo riconoscere una cultura universitaria anche in un pappone.

Prima di tornare al lavoro passai davanti a casa di Nicoletta e quando vidi la macchina parcheggiata in giardino decisi di farle un'improvvisata. Aprì la porta con una sigaretta che penzolava dalle labbra e finse di essere contenta di vedermi.

«È successo qualcosa?» chiese.

«No. Passavo da queste parti e ne ho approfittato per parlare un po' della nostra situazione».

Sul tavolo del salotto c'era un computer acceso e scartoffie varie sparse ovunque. «Sto cercando di fare ordine nella contabilità» spiegò.

«Non me ne parlare. Ormai faccio fare tutto al commercialista».

Nicoletta mi invitò ad accomodarmi e mi offrì da bere. «Le ragazze?» domandai.

Indicò il piano superiore. «Si stanno riposando».

Sorrisi compiaciuto. «Allora un po' di lavoro arriva, ogni tanto».

«Non farti illusioni. Erano quattro danesi ciucchi raccattati al casinò di Venezia».

Spostai lo sguardo sulla finestra. Attraverso la tenda si vedevano altre villette tutte uguali. «Sono molto occupato con La Nena, in questo periodo. Credo proprio di non essere in grado di darti una mano a trovare clienti» dissi in tono mesto.

Allungò una mano e mi strinse il braccio. «Non ti preoccupare. Me la caverò».

Mi alzai. «Se cambi idea e vuoi vendere il pacchetto mi bastano due giorni di preavviso».

Annuì. «Vediamo che succede dopo le elezioni».

La baciai su una guancia e me ne andai. Avevo dato inizio ufficialmente alle danze e per la prima volta ero tranquillo. Nel tardo pomeriggio c'era un brindisi col ministro della Difesa, ma sarebbe durato al massimo una mezz'oretta.

Chiamai Martina. «Cosa c'è a teatro stasera?».

Poi telefonai a Gemma. «Ciao Re di cuori» mi salutò.

«Tra qualche minuto ti chiamerà Martina» l'avvertii. «Stasera verrai a teatro con noi. Vedi di fare la brava».

Mi comportai come un perfetto gentiluomo. Martina iniziò a rilassarsi e una volta a casa fui io a spalmarle la crema, poi la portai in braccio fino al letto, dove facemmo l'amore con grande trasporto e tenerezza.

La mattina seguente mi trovai di fronte la donna più felice del mondo.

A Gemma rifilai la balla che quella settimana alla Nena sarebbe stato un inferno di lavoro e di non aspettarsi troppo. Ci andai solo una volta e rimasi appena un paio d'ore. Mi divertii a tempestarla di domande intime. Era imbarazzata e reticente.

Le indicai la porta. «Posso sempre andarmene».

Scosse la testa. La lasciai totalmente svuotata. E disorientata. Conoscevo la sensazione. Avevo imparato la tecnica da uno sbirro della Digos che si chiamava Anedda e che mi aveva trasformato in un infame e in un burattino.

*

Alla fine di un giorno noioso in cui, fin dalla mattina, si erano succedute iniziative elettorali e avevo avuto l'onore di farmi fotografare abbracciato a un paio di soubrette, squillò il cellulare. Quando lessi il nome sul display sospirai di sollievo.

«È successo un casino» gridò Nicoletta in tono disperato. «Devi venire subito a casa mia».

«Calmati e spiegami…».

«Non posso, cazzo! E sbrigati, ti prego, cazzo, sbrigati. Non so cosa fare!».

Riattaccai con un grande sorriso. Finalmente Michail era entrato in azione. Mi versai due dita di cognac per festeggiare l'avvenimento e mi misi a chiacchierare con un funzionario di un certo ente che bazzicava il locale da qualche tempo con scritto in faccia: sono corruttibile.

Me la presi comoda e quando la mia socia mi aprì la porta era totalmente in preda al panico. «Cazzo, Giorgio, finalmente» biascicò.

In salotto trovai Isabel che si lamentava distesa sul divano, tenendo premuto un asciugamano sporco di sangue sulla parte destra del volto. Sul bordo del tessuto era stampato il nome di un hotel di Chioggia.

«Che cazzo è successo?» domandai.

«Un pazzo di russo l'ha sfregiata» rispose Nicoletta scoprendo il volto della venezuelana.

«Altro che sfregio» ribattei osservando lo squarcio che partiva dalla mascella e oltrepassava il mento. «L'ha completamente rovinata».

«Non so cosa fare, Giorgio».

«Per prima cosa prendi un asciugamano pulito e del ghiaccio, poi cerca degli antidolorifici».

Mi infilai dei guanti di lattice che, casualmente, tenevo in tasca e controllai meglio la ferita. Michail mi aveva chiesto quale tipo preferissi.

«Slabbrata come quelle provocate da un pettine di metallo, opportunamente affilato» avevo risposto.

«Tipo puttana rovinata del film con Clint Eastwood e Gene Hackman, *Unforgiven* mi pare fosse il titolo».

Capii a quale pellicola si riferiva, *Gli spietati*. «Esatto, la voglio ridotta così: inservibile dal punto di vista lavorativo».

Il russo era stato di parola. La mia socia tornò con quanto le avevo chiesto. Cacciai in bocca alla ragazza un paio di compresse e gliele feci buttare giù con una dose abbondante di rum. Poi le misi l'asciugamano con il ghiaccio sulla ferita.

«Tienilo così, brava».

«Cosa aspettate a portarmi in ospedale?» si ribellò Isabel.

«Devi avere un attimo di pazienza» risposi afferrando la bottiglia di liquore.

A metà del terzo bicchiere perse i sensi.

«Finalmente!» sbottò Nicoletta. «Non ne potevo più di sentire i lamenti di quella troia».

Le tremavano le mani e non riusciva a far funzionare l'accendino. Glielo tolsi di mano e l'aiutai ad accendersi la sigaretta.

«Raccontami tutto con calma».

Nicoletta pagava il portiere di un hotel che le procurava clienti per le nostre ragazze. Quella sera aveva preso alloggio un russo dall'aria distinta che aveva chiesto "una coperta" per tutta la notte e non aveva fatto storie sul prezzo. Lei aveva portato Isabel dopo cena e il russo se l'era scopata per bene ma dopo aveva voluto mettersi a giocare con certi oggetti e la ragazza si era rifiutata. Il tizio non l'aveva presa bene e l'aveva sfregiata.

«E poi?».

«Il russo se n'è andato e il portiere mi ha chiamato dicendo di portare via Isabel mentre lui ripuliva la stanza».

«Dove sono le altre?».

Impallidì. Erano a letto con gente del giro di Brianese ma non poteva certo raccontarlo. «Con altri clienti» mentì.

«Quali altri clienti?» domandai.

«Che cazzo te ne frega?» gridò. «Non vedi in che casino siamo?».

Parlai in tono calmo. «Volevo solo sapere se avevamo abbastanza tempo a disposizione per mettere a posto la faccenda».

«Sono alla villa vicino Vicenza. Posso farle dormire lì e andarle a prendere in mattinata». Poi indicò Isabel accasciata sul divano. «E ora cosa facciamo?».

Mi passai una mano sul viso, fingendo di riflettere. «Una cosa è certa: così conciata non possiamo portarla in ospedale. Dopo due minuti arriverebbe la polizia a fare domande».

Tolsi l'asciugamano dal volto della venezuelana. «Qui ci vuole un chirurgo plastico e una sala operatoria attrezzata per sistemare questo disastro» le feci notare. «Peccato che non siamo più in affari con Brianese. Lui le conoscenze giuste le ha e con un paio di telefonate terrebbe lontani gli sbirri».

Nicoletta mi guardò, indecisa se raccontarmi la verità e servirmi il suo tradimento su un piatto d'argento ma, come avevo immaginato, scelse di non farlo. E io ne approfittai per attirarla nella mia trappola.

«E comunque questa non vale più un cazzo sul mercato» dissi. «Ci rimarrebbe sul groppone con una bella cicatrice rosa e una gran voglia di vendicarsi».

«Cosa intendi dire?».

«Cosa pensi che succederà quando si sveglierà su quel divano e non in un letto d'ospedale? Non sarà più la fessacchiotta che ti sei gestita finora, ma una donna disperata e pronta a tutto pur di non rimanere un mostro per il resto della vita».

Nicoletta crollò. Cominciò a piangere come una fontana. «E che cazzo facciamo, allora?».

«Eliminiamo il problema» risposi serafico.

Schizzò in piedi. «Ma sei impazzito?» urlò.

Mi infilai il cappotto e mi sistemai con calma la sciarpa mentre la mia socia gridava come un'ossessa. Con quella sua voce roca era veramente insopportabile. La salutai con un gesto e mi avviai all'uscita.

Si aggrappò alla martingala per impedirmi di uscire. «Dove vai, stronzo?».

Le diedi uno schiaffo. Poi un altro. «Vado a casa a dormire perché sono stanco e ho lavorato tutto il giorno» risposi. «E tu porti la troia in ospedale e dopo te la vedi con gli sbirri perché quella racconterà dell'hotel, del russo e che sei stata tu a caricarla in macchina senza chiamare soccorso e forze dell'ordine. E per salvare il culo anche il portiere ti accuserà di averlo corrotto per far prostituire le tue ragazze. E arriveranno anche alle altre tre. Devo continuare?».

Scosse la testa e si accasciò su una poltrona ricominciando a frignare. «Se hai un'idea migliore...» aggiunsi. «Ma se non ce l'hai... beh, allora non c'è altro modo per chiudere la faccenda».

«Ma te ne occupi tu».

«Non c'è problema».

Le sfilai dal collo l'elegante foulard di seta e lo passai intorno a quello di Isabel. Le puntai un ginocchio sulla schiena e iniziai a stringere. Morì in meno di un minuto.

Nicoletta era impietrita. Le mani strette a pugno premute sulla bocca, fissava il cadavere della ragazza. «L'hai uccisa».

«Con il tuo foulard» puntualizzai mentre lo usavo per legare l'asciugamano intorno al volto della defunta.

«Cosa stai facendo?».

«Non vorrai che ti sporchi la macchina di sangue».

Mi feci consegnare le chiavi del suo SUV, mi caricai Isabel sulle spalle e la depositai nell'ampio bagagliaio.

Prima di uscire chiamai il russo. «Sto arrivando con la mia amica».

Michail mi attendeva in una stradina di campagna. Lo raggiunsi dopo una ventina di minuti percorrendo zone poco frequentate.

«Ho già scavato la buca» disse.

Notai la mano armata di una pistola puntata verso terra. «Non ti fidi proprio, eh?».

«Sai com'è, amico mio, questo è il momento in cui uno ti ammazza e tu rimani a fare compagnia a un cadavere, poi magari il portiere di un hotel riconosce entrambi e la polizia si accontenta di una storia d'amore finita male».

«Peccato non averci pensato prima» scherzai, aprendo il portellone del SUV.

Nicoletta si era ripresa. Con la solita sigaretta che pendeva dalle labbra stava impacchettando gli effetti personali della povera Isabel nella sua camera al piano di sopra. Sul comodino vidi un rotolo di banconote. Sparì nella tasca del mio cappotto.

«A lei non servono più».

«Dove l'hai...».

«Ti interessa davvero saperlo?».

Scosse la testa e la cenere della cicca cadde sui vestiti ammucchiati sul letto. «Cosa racconterò alle ragazze?».

«La favola che tutte loro vorrebbero diventasse realtà» risposi. «Il russo si è innamorato, l'ha comprata e se l'è portata a Mosca a vivere una vita di lusso a base di pellicce, caviale, vodka e diamanti».

«È una storia talmente idiota che ci crederanno».

La osservai per un po' mentre riempiva le borse. «Credo che tu mi debba ascoltare con attenzione, Nicoletta. Non vorrei ci fossero fraintendimenti tra di noi».

«A cosa ti riferisci?».

«A una serie di piccoli ma significativi particolari» risposi. «Sepolti insieme a Isabel, che è ben conservata in un sacco di plastica, ci sono il tuo foulard e un asciugamano di tua proprietà, oltre a quello dell'hotel».

«Perché mi stai minacciando? Lo sai che non parlerò mai».

«Lo vedi? Non mi stai ascoltando con l'attenzione che ti avevo chiesto» la rimproverai. «Ti sto dicendo che tutto ciò che riguarda l'omicidio riconduce a te e solo a te».

Le mostrai le mani ancora protette dai guanti di lattice. «Io non ho lasciato impronte su quegli oggetti, tu sì. Ci sono tracce di sangue nel tuo bel salotto e nel tuo SUV che non riuscirai mai a cancellare del tutto».

«Sei stato tu ad ammazzarla».

«Ma le prove dimostrano che sei stata tu» sottolineai con una vocina pedante. «Voglio ricordarti ancora una volta che il portiere ti ha visto portare via Isabel ferita dall'hotel. E che questo elemento sarebbe ritenuto decisivo da qualunque Corte d'assise» aggiunsi mentre alzavo un sacchetto di plastica trasparente contenente la bottiglia di rum di cui mi ero opportunamente appropriato prima di salire al piano superiore.

«Qui ci sono le tue impronte mescolate a quelle della morta».

«Bastardo» sibilò, tentando di strapparmela di mano.

La colpii con un pugno alla bocca dello stomaco. Leggero ma sufficiente a farla desistere.

«Perché mi fai questo?».

«Io di te mi fido, Nicoletta. Ci conosciamo da un sacco di tempo, siamo soci in affari e per nulla al mondo rinuncerei ai tuoi pompini, che senza dubbio sono i migliori della città. Ma la gente cambia e allora preferisco avere la certezza che non tenterai di fregarmi».

Le mandai un bacio e scivolai fuori dalla villetta, camminando al buio per raggiungere l'auto che avevo parcheggiato in una via vicina.

Guardando Martina che si spalmava le creme ripensai a Isabel. Erano trascorsi undici anni dall'ultimo omicidio che avevo commesso. A quel tempo avevo giurato a me stesso che non sarebbe mai più accaduto perché ero convinto di non avere più bisogno di eliminare gli ostacoli al mio diritto a una vita normale. Mi sbagliavo, ma non era mia la colpa.

Quando Martina raggiunse l'orgasmo riflettei sul fatto che non era stato affatto spiacevole.

La Nicoletta Rizzardi che si presentò alla Nena il giorno seguente era una donna molto diversa da quella che avevo conosciuto. L'atteggiamento da tipa tosta, che faceva rigar dritto gli uomini, era stato sostituito dalla consapevolezza di trovarsi in una situazione senza via d'uscita e che il suo futuro dipendeva solo e unicamente dalla mia benevolenza. Per la prima volta la vidi senza foulard al collo.

Feci preparare un tavolo per due in saletta. Il secondo turno del pranzo stava terminando, e quando finii di preparare i conti la raggiunsi. Fui felicemente crudele.

«Mi aspetto tanto tanto amore da te, Nicoletta» attaccai in tono mieloso.

Sgranò gli occhi. «Amore?».

«Sono o non sono diventato l'uomo più importante della tua vita?».

«Purtroppo sì».

«Allora mi devi amare o fingere di farlo, ma talmente bene che non me ne devo accorgere».

«Smettila, Giorgio, ti prego».

Cambiai tono. «Pensi che stia scherzando?».

Mi fissò. «Nemmeno un po'».

Entrò una cameriera con i primi. Avevo fame e mi gustai in silenzio le tagliatelle con ragù di sorana dei colli Berici. La mia socia invece di appetito ne aveva ben poco.

«Com'è andata con le ragazze?» domandai raccogliendo il sugo dal piatto con un pezzo di pane.

«Bene. Si sono bevute la storiella».

«Dobbiamo trovare una sostituta di Isabel».

Le si riempirono gli occhi di lacrime. «Non ce la faccio più. Vendiamo le ragazze e chiudiamo l'attività».

Ignorai le sue parole. «La settimana prossima è Carnevale, Venezia si riempirà di turisti arrapati, non dirmi che non avevi nulla di organizzato».

«Sì, qualcosa ci sarebbe… ma sono tutte situazioni a quattro, non faremo in tempo a trovare una ragazza…».

«Proviamoci, altrimenti vuol dire che la sostituirai tu».

Per un attimo fu tentata di alzarsi e andarsene. «Ho quarantuno anni, Giorgio» disse in tono pacato. «Sono un po' vecchia per fare la vita, non trovi?».

«Sei una bella donna» ribattei convinto. «E comunque sono cazzi tuoi».

Chinò la testa sul piatto e rimase in silenzio fino al dessert. Riuscivo a sentire perfino l'odore della sua disperazione.

«C'è un'altra faccenda di cui ti devo parlare e che ti riguarda».

«E quale?».

«Se te la racconto non mi devi costringere a fare cose che non voglio» tentò di trattare. «Per te saperla vale molto, moltissimo».

«Costringere? Ma che brutta parola. Comunque la risposta è no».

Capitolò. «Brianese ha deciso di fregarti, anzi il termine giusto è annientarti».

Feci spallucce. «Cazzate, non ci credo».

«Me lo ha detto Ylenia, la sua segretaria».

«Non sapevo che foste così in confidenza».

«Mi ha contattato lei…».

«E…» la incalzai.

«E mi ha proposto di farti fuori dal giro delle ragazze. Mi ha detto che tanto ormai sei finito perché sei pericoloso e inaffidabile».

«Non ti ha spiegato il motivo?».

«No».

«Però tu hai accettato».

«Lo avresti fatto anche tu. Mi ha assicurato che dopo le elezioni avresti avuto altro di cui preoccuparti e le ragazze sarebbero state l'ultimo dei tuoi problemi».

«Cosa ti hanno promesso in cambio?».

«Dritte per investimenti e un posto da assessore alla Cultura in un paese della provincia».

«E fai tante storie per andare a fare la puttana a Carnevale?».

«Mi dispiace, Giorgio. Avrei dovuto avvertirti prima, lo so…».

«Continuerai a vedere Ylenia e a far battere le ragazze per il giro di Brianese. Ma voglio sapere tutto. Niente più segreti».

«Va bene, come vuoi tu Giorgio».

Mi alzai. «Torna all'ora di chiusura bella tirata» ordinai.

Molte ore più tardi, quando Gemma aprì la porta e mi vide in compagnia di Nicoletta rimase per un attimo sorpresa e indecisa. Poi disse: «Re di cuori, tu mi farai diventare una ragazzaccia».

Capitolo terzo
All out

Alle elezioni i padanos trionfarono al di là di ogni aspettativa e diventarono i padroni quasi assoluti del Veneto. Per Brianese e il suo partito fu un colpo durissimo e lui fu costretto ad assumersene la responsabilità come un generale sconfitto in battaglia. Si stracciò le vesti e offrì il petto al plotone di esecuzione, ma si trattava solo di una sceneggiata organizzata con i maggiorenti locali che lo assolsero pubblicamente e gli affidarono il compito di trattare assessorati e nomine nelle aziende sanitarie con i vincitori. D'altronde l'avvocato era uno dei più esposti e coinvolti sostenitori del gran capo. Ormai non avrebbe più potuto saltare su altri carri di passaggio. Ma questo Brianese lo sapeva già da tempo. Ogni sua azione era diretta a tessere trama e ordito di una strategia che gli permettesse di sopravvivere al capo e al partito stesso, anche se era uno dei grandi suggeritori della successione dinastica. La figlia del boss prometteva bene.

Vi fu un'immediata ricaduta negativa sulla Nena, considerato il luogo pubblico dov'era maturata la batosta cittadina, e parecchi clienti emigrarono altrove. Ne risentirono in particolare i momenti degli aperitivi, quelli dedicati alle chiacchiere e ai pettegolezzi, ma il ristorante resse bene. Corsi immediatamente ai ripari e Nicoletta provvide a reclutare un certo numero di modelle e modelli di intimo che avevano il solo compito di farsi vedere comportandosi però come educandi. E l'aperitivo serale cominciò a rianimarsi. Il tanto atteso colpo di grazia che mi doveva infliggere l'avvocato tardava ad arrivare e mi rilassai, convinto che fosse troppo occupato a limitare i danni. Lui non si era fatto più vedere e tantomeno i suoi collaboratori. In realtà continuavo a sbagliarmi e a sottovalutarlo.

Alla fine di un giorno noioso di primavera, Brianese entrò alla Nena con il suo solito passo deciso e ostentando il suo solito sorriso stampato sul volto. Fu cordiale con tutti e si esibì in uno studiato repertorio di battute e aneddoti sui padanos e sugli avversari di centrosinistra.

Avevo lo stomaco in subbuglio e andai a rendergli i miei omaggi solo quando ebbe terminato lo spettacolino.

«Bentornato, avvocato».

Finse di notarmi solo in quel momento. «Caro Giorgio, come stai?» chiese a voce alta stringendomi la mano con trasporto. «Scusami se non mi sono più fatto vedere, ma qui in Veneto invece di progredire stiamo tornando indietro e non si ha più il tempo di frequentare gli amici».

Poi mi prese sottobraccio e abbassò il tono della voce. «La saletta è sempre "frequentabile"?».

Sorrisi soddisfatto. «Non l'ho mai aperta al pubblico e l'ho sempre tenuta pulita».

«Perfetto. Aspetto tre imprenditori del settore ristorazione che ti vorrei presentare e gradirei che tu fossi uno dei nostri».

«Sarà un piacere, avvocato».

Che invece non sarebbe stato affatto un piacere lo capii non appena li vidi entrare. Non ebbi nessun dubbio che si trattava degli invitati di Brianese. In quegli anni mi ero fatto una notevole esperienza in fatto di corrotti, corruttibili, affaristi, politici, imprenditori, costruttori, industriali e quelli non appartenevano a nessuna categoria. Ecco perché l'avvocato non aveva voluto attenderli al banco ma direttamente in saletta. Non voleva che qualcuno si ricordasse di averli visti insieme. Li osservai mentre si avvicinavano al bancone. Il primo doveva essere il capo, almeno era quello che suggeriva il completo Armani. Sui cinquantacinque anni, un metro e sessantacinque, corporatura minuta, capelli sale e pepe pettinati all'indietro, viso squadrato, naso sottile, occhi scuri leggermente ravvicinati.

Il secondo era alto e sottile come un giunco. Il vestito era di sartoria ma il tessuto non era di grande qualità. Volto da anni Ottanta, capelli leggermente lunghi sul collo, più giovane del primo di una decina di anni, sembrava appena uscito da un concerto degli Spandau Ballet.

L'ultimo che chiudeva la fila si guardava attorno e non si perdeva un particolare, come se fosse tutta roba sua. Era il più giovane, il più arrogante e con ogni probabilità il più fesso. Assomigliava vagamente al primo e indossava abbigliamento casual costoso che metteva in risalto la frequentazione della palestra.

Gente così l'avevo vista nel cortile di San Vittore. Camminavano sempre insieme e si credevano i padroni del mondo.

Puntarono dritti su di me. «L'avvocato Brianese» disse il capo.

Sapevano bene chi fossi ma mi avevano trattato come un servo. Brutto segno. Alzai lentamente l'indice e indicai la porta della saletta. «Vi attende» dissi con lo stesso tono.

Feci cenno a una cameriera di avvicinarsi. Si chiamava Agata ed era brava e simpatica, ma soprattutto era l'archivio clienti della Nena. Non c'era avventore che non venisse immortalato nella sua memoria fotografica fuori dal comune.

«Li hai mai visti?».

«Quello alto» rispose sicura. «Ultimamente è venuto qui tre o quattro volte. Da solo».

Presi dal frigo una bottiglia di prosecco e andai a scoprire cosa ci facevano tre mafiosi del cazzo nel mio locale in compagnia di Brianese.

L'avvocato li intratteneva tessendo le lodi di un altro parlamentare di cui non riuscii ad afferrare il nome. Versai il vino e attesi in silenzio.

«Lui è Giorgio Pellegrini, il proprietario». Passò alle presentazioni quando decise che era arrivato il momento di discutere di affari.

Fu così che scoprii che il capo si chiamava Giuseppe Palamara e il più giovane Nilo Palamara, nipote di Giuseppe. Lo spilungone fu liquidato come il ragionier Tortorelli.

«I signori qui presenti hanno bisogno di far transitare per un po' di tempo somme di denaro di un certo rilievo attraverso il tuo locale».

Un lampo mi squarciò la mente. "Riciclaggio. Vogliono trasformare La Nena in una lavatrice".

«Io qui ho finito» annunciò l'avvocato, alzandosi. «Ora avrete sicuramente dei dettagli da discutere che non necessitano della mia presenza».

Gli altri non mossero un muscolo. Il copione era già stato scritto. Attesi che Brianese arrivasse alla porta, poi lo raggiunsi.

«Perché mi fa questo?».

«Così impari a mordere la mano del padrone».

Ero troppo scioccato per ribattere. «Se quelli mettono piede qui dentro non se ne andranno più. Mi porteranno via La Nena».

«Questo non accadrà» ribatté. «Come ti ho già detto tu sei malato e pericoloso, la scheggia impazzita in un sistema che ha regole ben diverse. Loro terranno il guinzaglio corto ma ti permetteranno di rimanere al tuo posto».

Lesse la rabbia e l'odio nei miei occhi e un sorriso affiorò sulle sue labbra. Mi mise una mano sulla spalla. «Giorgio, non sai quanto sono felice in questo momento».

Afferrò la maniglia e aprì la porta. Non l'aveva ancora richiusa che stava già salutando qualcuno. Ormai ero diventato un problema risolto.

«Vieni qui, Pellegrini» ordinò Giuseppe Palamara facendo sentire l'accento calabrese.

Mi voltai e tornai a sedermi. Mi riempii il bicchiere e lo svuotai d'un fiato.

«Abbiamo preso informazioni sul tuo passato da galeotto e sappiamo che sei un infame, un pezzo di merda, e che sei capace solo di spaccare la faccia a una povera femmina che si sta guadagnando il pane» disse Giuseppe. «Ma sappiamo anche che non sei così stupido da non capire chi siamo e dove possiamo arrivare».

Guardai la bottiglia posata di fronte a me. Sembrava fatta apposta per essere afferrata e spaccata sui musi di quegli stronzi. Ma le mie mani rimasero immobili, e udii la mia voce pronunciare parole da schiavo.

«So stare al mio posto».

«Bene. La faccenda funziona così» attaccò a spiegare il capo. «Tu continui a comandare la baracca, ma da oggi sei a stipendio e della contabilità se ne occupa il ragioniere».

«Ti diamo tremila al mese» specificò il giovane Nilo. «Trentaseimila all'anno, non è male e ti dovrai accontentare».

Fece tintinnare il bicchiere di cristallo con la punta della forchetta per attirare la mia attenzione. «Hai capito, Pellegrini? Non devi fare nulla che possa attirare l'attenzione degli sbirri. Basta con le puttane e con qualsiasi altra stronzata. Devi essere solo casa e lavoro».

«Hai capito, Pellegrini?» ripeté Giuseppe.

«Ho capito» risposi. «E vi assicuro che mi fate solo un favore perché il locale è in perdita e i soldi che guadagnavo con le ragazze finivano tutti qui».

Giuseppe Palamara ghignò. «Adesso ci pensa il ragioniere a sistemare i conti. È bravo ed è un gran lavoratore. Da domani mattina si piazzerà alla cassa e non alzerà il culo dalla sedia fino alla chiusura».

«Bene. Così potrò dedicarmi di più al locale».

«Bravo» mi sfotté. «Adesso portaci da mangiare».

«Non mi avete ancora detto per quanto tempo pensate di usare il mio locale».

I Palamara si scambiarono un'occhiata ironica. «Il tempo necessario» rispose Giuseppe.

Cioè per sempre. Dopo qualche tempo mi avrebbero convinto a vendere, poi con ogni probabilità mi avrebbero fatto fuori, per fare un favore non richiesto all'avvocato. Non avevo idea di quale fosse il tipo di rapporto che lo legava ai calabresi, ma dubitavo che sapesse veramente con chi si era messo a fare affari.

«Vorrei assaggiare la malvasia istriana» disse il ragionier Tortorelli, facendo sentire per la prima volta la sua voce. Fino a quel momento aveva studiato la carta dei vini come se il discorsetto dei Palamara non lo interessasse. «Pensi che sia adatto a un piatto di bigoli in salsa?».

«Personalmente lo ritengo un azzardo» risposi in tono professionale. «Consiglierei piuttosto un pinot grigio del Collio».

Annuì. «Va bene».

Uscii dalla saletta e fermai Piero, il cameriere anziano.

«Vai a prendere la comanda del tavolo in saletta e occupati tu del ristorante. Io ho da fare».

Mi diressi verso casa. A passi veloci divorai il marciapiede. Martina non c'era. Era in palestra per l'ora di zumba fitness. Mi spogliai, riponendo con ordine tutti gli indumenti, e mi lasciai cadere nella poltrona color sangue di bue. Rimasi a fissare la spin bike non so per quanto tempo. Poi arrivò la mia donna, non disse una sola parola, si spogliò, salì sulla bicicletta e iniziò a pedalare. Il fruscio del rullo mi fece l'effetto di una medicina e acquietò piano piano il dolore e la rabbia.

Stava calando il sole quando uscii dalla stanza portando Martina tra le braccia. La deposi nella vasca, aprii il rubinetto e le diedi un bacio sulla fronte.

«Grazie, amore mio. Torno appena posso».

Al locale, dei mafiosi non c'era traccia. Avvertii il personale che dall'indomani della cassa si sarebbe occupato un contabile. Non batterono ciglio. E non lo avrebbero fatto nemmeno se avessi rivelato che La Nena avrebbe riciclato il denaro sporco dei calabresi. Erano tempi in cui tenersi ben stretto il posto di lavoro era l'unica cosa importante. Il resto erano dettagli.

Trascorsi la notte con Nicoletta. Fui implacabile, spietato, ma le tirai fuori tutte le informazioni, anche i minimi particolari, che aveva raccolto nel tempo sui clienti delle mie puttane legati al giro di Brianese. Purtroppo fu solo tempo perso. Non ricavai nulla che mi fosse utile a capire i collegamenti tra l'avvocato e i Palamara.

«Di' alle ragazze di prepararsi».

«Ce ne liberiamo?» chiese Nicoletta speranzosa.

«Sì. Ma i soldi me li tengo io» risposi.

Non ribatté. Aveva troppo da farsi perdonare. E ora che

c'erano di mezzo anche i mafiosi era disposta ad assecondarmi su ogni cosa pur di uscire dall'incubo in cui si era cacciata con la morte di Isabel. Non aveva ancora capito che non l'avrei mai lasciata andare.

Il magazzino dei maltesi era più lercio del solito. L'unica cosa che luccicava era la carrozzeria della mia Phaeton.

«Solo tre?» mi chiese Petrus Zerafa, il capo della banda, palpando il culo della cinese che si guardava attorno smarrita. Le altre due erano chiuse in macchina. Gli era bastata un'occhiata attraverso il finestrino per decidere che andavano bene. Lin gli era sembrata un po' magrolina e allora l'avevo fatta scendere per fargli ispezionare la merce.

«Un russo ha perso la testa e se n'è comprata una» risposi. «Per vero amore. Era la meno bella eppure non c'è stato nulla da fare».

«Avevamo accordi diversi» protestò. «Ti costerà il dieci per cento».

Me lo aspettavo. «D'accordo. Ma mi regali un ferro silenziato».

Mi lanciò un'occhiata. «Non mi sembri il tipo. Hai problemi?».

Imitai De Niro. «Ti sembro uno che ha problemi?».

Non era uno stupido. «Ti presenti con una troia in meno e mi chiedi di procurarti un'arma. Magari è successo qualcosa che devi sistemare».

«Vuoi sapere i cazzi miei o vuoi concludere l'affare?».

Annuì. «Te ne posso procurare una subito ma non so quanto sia pulita».

Il che significava che aveva sparato e che gli sbirri potevano collegarla a un crimine. Paradossalmente mi faceva comodo, nonostante il rischio di finire in galera per qualcosa che non avevo commesso.

«Non c'è problema. Basta che funzioni e che abbia un caricatore e munizioni di riserva».

«Tanti proiettili per uno che non vuole ammazzare nessuno...» borbottò in tono ironico. Fece segno a uno dei suoi scagnozzi di occuparsene e il tizio scomparve in un cunicolo ricavato tra montagne di scatoloni.

Petrus baciò il collo di Lin e capii che era arrivato il momento di liberarmi delle ragazze. Aprii la portiera. «Scendete».

Dulce e Violeta si tenevano per mano, pallide e spaventate. Infilai la testa nell'abitacolo. «Fate quello che vogliono e non andrà troppo male» consigliai in tono paterno.

Da non so dove sbucarono tre tizi che le presero in consegna mentre Lin rimase tra le braccia del capo. Aveva fatto la sua scelta.

Tornò quello che era andato a prendere la pistola. Mi porse una scatola piatta di cartone che un tempo aveva custodito una radiosveglia. All'interno trovai una pistola Beretta vecchia di trent'anni ma in buone condizioni. Le munizioni erano nuove e di una marca affidabile, e il silenziatore artigianale, ricavato da una pompa per biciclette. Zerafa mi invitò a provarla su una pila di vecchi copertoni.

Infilai il caricatore e sparai tre colpi in rapida successione. L'ultimo fu più rumoroso, il tubo si riempiva di fumo in fretta. Se fossi stato costretto a usarla avrei dovuto fare attenzione a non esagerare con il volume di fuoco.

Provai una strana sensazione a impugnare un'arma dopo tanti anni. Ero convinto che mi fossero diventate estranee, invece le mani avevano eseguito i movimenti in modo corretto e avevo avvertito il senso di potenza di chi tiene il dito sul grilletto.

Dulce cacciò un grido e si udì, distinto, il rumore di uno

schiaffo. Lin si liberò dal maltese e mi saltò al collo scongiurandomi di riportarla a "casa". La allontanai con una spinta. Petrus scoppiò a ridere e io gli ricordai che doveva ancora pagarmi.

Tirò fuori dalla tasca dei jeans un rotolo di banconote da cinquecento euro e iniziò a contarle, dopo essersi leccato il pollice e l'indice della mano destra.

Avevo superato Brescia e stavo abbandonando la Lombardia per entrare in Veneto quando squillò il cellulare. «Cosa devo pensare?» chiese Tortorelli in tono annoiato.

«Nulla» risposi tranquillo. «Sto chiudendo le attività collaterali come mi avete chiesto».

«Quando avrò l'onore di rivederti?».

«Domani pomeriggio, non più tardi. Comunque il personale è perfettamente in grado di gestire La Nena».

«Con che cosa accompagno un piatto di sfilacci di cavallo all'aceto balsamico con fili di ricotta affumicata?».

«Un Gewürztraminer va benissimo. Non è proprio ortodosso, ma non rimarrai deluso».

«Mi sono permesso di dire al cuoco di togliere il letto di rughetta. Mi fa cagare…».

«E il cuoco cosa ha fatto?».

«Ha ubbidito. Gli ho fatto credere che l'ordine arrivava da te».

«Stai lontano dalla mia cucina, Tortorelli».

«E tu non giocare a nascondino, altrimenti quando torni troverai parecchi cambiamenti».

Riattaccò. Pezzo di merda. Accesi la radio e alzai il volume per sfogare la rabbia. Stavano trasmettendo una canzone di Carla Bruni. Afferrai una strofa che diceva: "Mi hanno detto che le nostre vite non valgono granché".

Sembrava che si riferisse alla mia. Allungai la mano e accarezzai il calcio della Beretta. Essermi procurato un'arma significava solo che ero pronto a usarla. Non avevo un piano e tantomeno le idee chiare. Sapevo solo che se non avessi reagito avrei perso tutto e sarei finito sottoterra. Brianese mi aveva venduto alla 'ndrangheta per punirmi e tenermi sotto controllo. Gli facevo paura perché non avevo giocato secondo le sue regole. Potevo sempre sparire, abbandonando La Nena, Martina e tutta la vita che mi ero faticosamente costruito, ma non avevo nessuna intenzione di farlo. Sarei già fuggito se la faccenda fosse stata esclusivamente tra il sottoscritto e i Palamara. In quel caso non avrei avuto nessuna speranza di cavarmela. Ma in mezzo c'era Brianese e l'unica intuizione che mi frullava per la mente, anche se non sapevo come concretizzarla, era che ci fosse ancora un minimo margine di trattativa per riprendermi quello che era mio. Dovevo individuare un modo per costringerlo a intavolarne una a mia favore. D'altronde siamo in Italia, e ormai anche i mafiosi sono in qualche modo costretti ad adeguarsi al sistema. In Veneto le mafie locali e straniere erano arrivate attratte dalla ricchezza e da un'economia che sembrava fatta apposta per riciclare. Non era una novità per nessuno che con l'usura si impadronivano delle aziende, lasciando i proprietari al loro posto a fare i burattini mentre uno come Tortorelli lavava denaro sporco e politici come Brianese creavano le connessioni giuste per investirlo negli appalti e nelle speculazioni immobiliari.

Sì, per togliermi dai coglioni i calabresi avrei dovuto mettere in mezzo l'avvocato, onorevole e testimone di nozze. Lui si sentiva al sicuro. Aveva fatto i suoi calcoli e mi credeva fottuto. Magari lo ero, e tutti quei pensieri erano solo illusioni. Però Brianese ignorava che io fossi a conoscenza della sua relazione con Ylenia e del ruolo della donna nei suoi intrighi.

Ylenia. Rigirai il nome nella bocca, facendolo rimbalzare tra denti e lingua. Poteva essere lo spunto per escogitare la mia controffensiva. E anche il modo per recuperare i due milioni che mi doveva Brianese.

C'era stato un tempo in cui avevo fatto parte di un gruppo terroristico in Italia e di un'organizzazione guerrigliera in Centroamerica. Prima di ogni azione raccoglievamo tutte le informazioni necessarie e ci preoccupavamo di organizzare la logistica, le vie di fuga, i piani di emergenza. E così avrei fatto anche stavolta. Per prima cosa avevo bisogno di aiuto. Potevo contare su Nicoletta ma non era sufficiente. Era arrivato il momento di incontrare di nuovo Michail.

«Tra duecento chilometri devo fermarmi a fare benzina» gli dissi al cellulare.

«Vuoi vedere la foto di mia cugina?».

«No».

«E allora non so se ho tanta voglia di vederti».

«Dài, non essere pigro. Ti offro un caffè e quattro chiacchiere sulla letteratura sovietica».

«Non potevi parcheggiare la macchina all'ombra?» si lamentò il russo.

Indicai una telecamera appesa a un palo. «Ne hanno aggiunta un'altra».

Sbuffò infastidito. «Allora, cosa ti serve questa volta? Devo scavare un'altra fossa in campagna?».

«Sono nei guai, Michail».

«Mi spiace ma spero che la faccenda non mi riguardi».

Tirai fuori dalla tasca i soldi della vendita delle ragazze e li appoggiai di fianco alla leva del cambio. Prese una banconota da cinquecento euro e se la infilò nel taschino della camicia.

«Per il disturbo».

«Mi serve uno che si incolli al culo di un contabile della 'ndrangheta e mi dia tutte le informazioni possibili» dissi d'un fiato.

«Vuoi rapinare la mafia calabrese?».

Alzai le spalle. «Potrebbe essere un'idea, ma al momento mi servono solo informazioni. Stanno usando La Nena per riciclare denaro sporco e me ne voglio liberare».

«Tu sei pazzo» ridacchiò allungando la mano verso la portiera.

«Non ho finito. Mi serve anche uno che non abbia nulla da perdere, pronto a tutto, sveglio e spietato. Tipo un latitante allo sbando».

«Un *all out*».

«Esatto».

«Da eliminare a lavoro finito».

«Esatto. E i suoi soldi andrebbero a te».

«Di quanto stiamo parlando?».

«Ventimila per il pedinamento. Cinquantamila per l'*all out*».

Spiai la sua reazione. La cifra non lo aveva minimamente soddisfatto. «Se tutto va bene dovrei recuperarne altri duecentocinquantamila» mentii pensando ai soldi che mi doveva Brianese.

«Non ci credo ma possiamo passare il tempo a fare ipotesi» disse accendendosi una sigaretta.

«Qui dentro non si fuma» mi scappò.

«Stai pensando di fottere la 'ndrangheta e di ammazzare uno che dovrebbe fidarsi ciecamente di te, e mi rompi i coglioni perché fumo nella tua macchina di lusso?».

Gli feci segno di lasciar perdere e proseguire. «Del pedinamento posso occuparmene io» disse. «Forse ho anche una mezza idea su chi potrebbe essere l'*all out*… e facendo un po' di conti, non posso chiederti meno di duecentomila».

«Sei esoso».

«Non conosco la parola. E comunque, io sarò pure "esoso", ma tu sei nella merda».

Aveva ragione. Gli porsi la mano. «Affare fatto».

La strinse ridacchiando. «Ricordati che di te non mi fido per niente e che non riuscirai a fregarmi».

Afferrò il rotolo di soldi. «Questo è l'anticipo. Ora dimmi chi devo pedinare».

I camerieri furono felici di vedermi. Tortorelli era partito col piede sbagliato e non aveva capito che il loro era un mestiere faticoso e che meritavano il giusto rispetto. In cucina fu anche peggio. Ascoltai e rassicurai. Poi affrontai il ragioniere.

«Ti odiano tutti. Come esordio non è male».

Osservò con attenzione il culo di una cliente e lo lasciai fare perché si trattava di un'informazione interessante che poteva aiutarmi a inquadrare il personaggio.

«Vedi, Pellegrini, tu sei fortunato ad avere qui me e non i Palamara» mormorò muovendo appena le labbra. «Io sono solo un tecnico e mi piace vivere tranquillo».

«E allora non vedo dov'è il problema».

«Anch'io obbedisco agli ordini dei calabresi, ma conto più di te e la gerarchia, in questo genere di faccende, serve a mantenere l'ordine. Nessuno ti aveva autorizzato a farti i cazzi tuoi. Devi metterti in testa che devi rendere conto di tutto e mi devi chiedere il permesso. Come un dipendente».

«C'è altro?».

«Sì».

«D'accordo. Non accadrà più, ma tu non mettere il naso nella conduzione del locale».

«Ed è un peccato, perché qui ci vorrebbe più di un ritocco alla gestione».

Ignorai la provocazione. Senza volerlo il ragioniere mi aveva fornito un'altra informazione importante e cioè che, nel piano dei calabresi, doveva essere lui a prendere il mio posto. Aveva delle velleità, Tortorelli. Per il resto era un mistero. Non era nemmeno calabrese. Da dove cazzo saltava fuori?

Fui costretto a rispondere per più di un'ora alle sue domande, peraltro pertinenti. Quando mi chiese quale vino fosse meglio abbinare al Blue Stilton gli consigliai volutamente quello meno adatto. Chissà che gli passasse la voglia di rompermi i coglioni.

Poco prima dell'aperitivo serale arrivò Nicoletta in compagnia della proprietaria di un negozio d'intimo a dissetarsi con un centrifugato di carote biologiche. Osservai Tortorelli nella speranza che mostrasse interesse nei suoi confronti. Invece non solo gli era indifferente, ma con una battuta mi fece capire di essere a conoscenza del fatto che era lei a gestire le mie puttane. Brianese li aveva informati per bene.

All'ora concordata fece il suo ingresso il russo. Bevve uno spritz e s'impresse per bene in mente la fisionomia del ragioniere. Poco dopo giunsero anche Martina e Gemma e fui costretto a presentarle a Tortorelli. Il contabile della 'ndrangheta fu gentile e galante e non gli parve vero di accomodarsi al loro tavolo. Il locale era pieno e dovetti occuparmi dei clienti, ripromettendomi di fare il terzo grado alle signore.

Un'oretta dopo notai che Gemma si alzava per andare

alla toilette. Stava cambiando, camminava addirittura in un altro modo. Precipitare nell'abisso dei miei desideri più torbidi le faceva solo un gran bene. Era un peccato che quella notte sarei tornato a casa da Martina.

Sostituendo Tortorelli alla cassa per il tempo della cena cercai di trovare tracce del riciclaggio, ero curioso di capire il meccanismo ma non notai nulla di strano. Lo spiai inutilmente anche alla chiusura della cassa.

«Ricordati che domani mattina abbiamo appuntamento dal tuo commercialista per il passaggio di consegne» disse prima di uscire. Lo guardai allontanarsi attraverso la vetrina, l'incasso del giorno infilato in una borsa portadocumenti di poco prezzo. Da quella sera c'avrebbe pensato lui a depositarlo nella cassa continua. Sembrava un innocuo spilungone a zonzo per la città. Sotto casa trovai Nicoletta che fumava nella sua auto. Mi avvicinai al finestrino.

«Ylenia si è incazzata quando ha saputo che il suo capo non ha più a disposizione le puttane e ha annullato i nostri accordi. Addio assessorato».

«Non li avrebbe mai rispettati. Brianese ha parlato ai calabresi anche di te. Sei troppo legata a me perché ti lascino rimanere nel giro».

«Che bastardo!» sibilò gettando a terra la cicca.

«Puoi dirlo forte. E tu sei stata sua complice».

«Non ricominciare, Giorgio».

«Faccio il cazzo che voglio, Nicoletta» chiarii. «Piuttosto, cosa ne pensi di Tortorelli?».

«Non lo so. Dovrei conoscerlo un po' meglio».

«Ma lui non ti farà avvicinare» tagliai corto passandole un biglietto con l'indirizzo del residence dove s'incontravano Brianese e Ylenia. «Trova il modo di farmi entrare. Meglio se affitti un appartamento. Usa l'agenzia di tuo fratello, scopati tutti gli inquilini ma non ripresentarti a mani vuote».

Si infilò tra le labbra un'altra sigaretta. «Ho messo in vendita la casa».

«E come mai?».

Mi guardò come se arrivassi da un altro pianeta. «Una ragazza è morta sul mio divano. Te ne sei già scordato?».

«E quindi ci stai malvolentieri in questo periodo?».

«Ci vado giusto a dormire».

«Trasferisciti da Gemma».

Sbuffò. «Quella ha idee strane in testa, preferisco di no».

«Non ti ho proposto un'opzione, Nicoletta. Ti ho dato un ordine».

Mise in moto e partì senza salutare. Sull'importanza delle gerarchie Tortorelli aveva ragione. Esisteva anche quella che permetteva di scaricare le proprie frustrazioni. Lui approfittava del mio stato di subordinato e io di quello di Nicoletta. E di Martina. E di Gemma. Erano indispensabili per sopravvivere. Solo chi è alla base della piramide rimane fottuto. Per questo è necessario trovare il giusto posto in questo mondo. A qualunque costo.

Martina mi chiese se per una notte potevamo rinunciare al rito delle creme.

«Perché?».

«Voglio stare distesa sul letto abbracciata a te» rispose con la voce che le tremava. «Sono stata tanto in pena».

L'accontentai. «Nessun'altra donna. Solo affari».

Mi strinse forte. «L'importante è che tu sia qui».

«Parliamo un po'» proposi, sapendo di farla felice.

La condussi abilmente verso l'argomento che m'interessava. «Come sta tuo padre?».

«Sempre peggio».

«Mi spiace» sospirai. «Ho riflettuto a lungo su questa situazione perché anche la vita di tua madre e delle tue sorelle è profondamente compromessa dalla sua malattia e credo sia giusto trovare il modo di rendere la loro vita meno dura».

Si appoggiò sul gomito per guardarmi. «Cosa intendi dire?».

«Ho chiesto a un medico, un mio cliente, di informarsi su quale sia il miglior centro a livello europeo e lui mi ha dato il nome di questa clinica in Germania, a Lahnstein. Pare facciano miracoli».

«Sarebbe bello».

«Io finanzio l'operazione e tu e tua madre portate il papà in Germania. Ci sono residence che affittano appartamentini ai familiari dei pazienti».

Martina si commosse e io dedicai un pensiero di gratitudine a Internet. Non sapevo come allontanare Martina da una situazione che poteva diventare pericolosa, e così avevo pensato che forse si poteva sfruttare la malattia del padre. Avevo digitato la parola "Alzheimer" su Google e cercato una clinica sperduta nella campagna. L'avevo trovata in una cittadina della Renania-Palatinato.

«Ma dovremo stare lontani per lungo tempo. Almeno un mese, se non di più» si preoccupò. «Tu hai La Nena da seguire…».

Le misi un dito sulle labbra. «Tu sei solo preoccupata che io vada a letto con altre donne. Abbiamo già affrontato questo discorso tempo fa, o sbaglio?» sbottai in tono duro.

«No, non sbagli».

«E cosa avevi promesso?».

«Che sarei stata forte».

Le diedi un bacio. «Lo sai che amo solo te, bambina mia».

Mi staccai da lei e cercai una posizione comoda per dormire. Non era quello che Martina si aspettava e il mio gesto l'avrebbe messa in agitazione. Solo un po'. L'indomani mattina avrebbe tentato di scoprire se qualcosa che aveva detto o fatto mi avesse fatto arrabbiare. E io sarei stato volutamente evasivo e avrei finto di adombrarmi. Un buon modo per iniziare la giornata prima di affrontare quello stronzo del ragioniere.

Tortorelli, uscendo dallo studio del commercialista, mi mise al corrente che avrei cambiato tutti i fornitori e tirò fuori dal taschino interno della giacca l'elenco di quelli nuovi. Non ne conoscevo nemmeno uno.

«Ma sono buoni?» domandai ingenuamente.

«Dal nostro punto di vista sono i migliori, Pellegrini».

«Se si abbassa la qualità del ristorante ci rimettiamo tutti».

«Solo tu, in realtà» rispose in tono piatto. «Che farai una figura di merda e dimostrerai di non saper gestire bene il locale. Per noi, se calano i clienti e diminuiscono spese e personale è meglio».

Mi costrinse ad attraversare la strada e a bere un caffè in un bar gestito da cinesi. Era praticamente vuoto tranne che per una coppia dietro il banco, un muso giallo davanti a una slot da sfigati e un tavolo di vecchietti che giocavano a carte.

Mi mostrò il numero dello scontrino. «Questi non fanno nemmeno finta di avere un minimo di giro» spiegò. «Riciclano un milione sapendo già di perdere il trenta per cento. Dopo sei mesi affidano la gestione agli italiani e il bar riprende a funzionare. Noi lavoriamo in modo diverso e perdiamo al massimo il quindici, che poi però recuperiamo investendo il riciclato nel "pubblico"».

«Non ti seguo fino in fondo».

«Parlare con te è solo tempo perso, Pellegrini, lo so. L'importante è che tu capisca che noi non siamo cinesi e che gestire una "lavanderia" è arte e scienza».

Ritornammo alla Nena e nel giro di qualche ora mi resi conto per la prima volta di essere diventato un pupazzo. Iniziai a vergognarmi e a provare un imbarazzo insopportabile. La mia unica speranza era riposta nell'accelerazione degli eventi che il crimine imprime al moto uniforme della vita. Per undici anni non era accaduto nulla di significativo. Poi una serie di eventi, a partire dal furto dei due milioni che avevo subìto da Brianese, l'avevano modificata negativamente fino a rendere possibile la sua distruzione. Era solo questione di tempo. Ora però la mia reazione "criminale" avrebbe causato un'ulteriore e imprevedibile accelerazione degli eventi. Quella era la mia scienza e uccidere era la mia arte. Sospirai, sperando di poter avere presto l'occasione di mostrarne a Tortorelli esattezza e bellezza.

Qualcosa di importante accadde il giorno seguente, quando ricevetti la telefonata di un funzionario della mia banca specializzato in investimenti, che mi faceva i complimenti per l'incremento costante degli incassi di circa mille euro al giorno e mi chiedeva un appuntamento per illustrarmi un piano finanziario.

Fu così che scoprii che il ragioniere aggiungeva soldi all'incasso prima di metterli al sicuro nella cassa continua. Più o meno trentamila euro al mese. Altri arrivavano attraverso la rete dei suoi fornitori. E così poteva lavare un milione, un milione e mezzo l'anno. Per forza di cose doveva avere altre risorse, altrimenti non aveva senso accaparrarsi il locale e piazzarci un uomo.

Ma il dato interessante era che Tortorelli aveva a disposizione una cassa da cui prelevare. E la prima cosa che mi venne in mente era che le casse sono fatte apposta per essere riempite e svuotate.

Michail si fece vivo il pomeriggio di quattro giorni dopo. Deglutendo a fatica e senza avere il coraggio di affrontare il suo ghigno, fui costretto a chiedere al ragioniere il permesso di allontanarmi dal locale.

«E cosa avrai mai di così importante da fare?» si divertì ad accanirsi lo stronzo.

«Problemi familiari».

«Ah, se c'è di mezzo la famiglia allora vai pure, ma vedi di tornare per cena, non ho voglia di rompermi i coglioni».

Quando imboccai l'autostrada iniziò a piovere e poco dopo a grandinare. Accelerai alla ricerca di un ponte sotto cui ripararmi. Qualche chilometro a centossanta e ne trovai uno, ma ormai era troppo tardi per salvare la carrozzeria. Rimontai in auto e me ne sbattei dei chicchi di ghiaccio. Il conto del carrozziere lo avrebbero pagato il mio ex avvocato o i Palamara.

L'area di servizio era affollata più del solito. Non appena parcheggiai il russo aprì la portiera e si sedette al mio fianco.

«Una macchina di lusso è bella solo se è perfetta» filosofeggiò. «Altrimenti stona con il paesaggio. Esalta l'innata malinconia di noi russi».

Mi stropicciai gli occhi. «Hai di meglio da dirmi, vero, Michail?».

Sorrise. «Tortorelli arriva da Pero, in provincia di Milano» attaccò a raccontare. «È incensurato, aveva una ditta di catering per comunità fallita tre anni fa. Separato, due figli alle superiori. L'ex moglie si è rifatta una vita con un piccolo imprenditore della zona».

«Queste informazioni te le sei fatte dare dal vicequestore che protegge le tue napoletane».

«Ho chiesto un favore» ammise.

«Non mi sembrano così importanti».

«Beh, sono utili a inquadrare il nostro uomo» si giustificò. «Che in città occupa la suite di un hotel gestito da una società legata ai Palamara».

«Quale?».

«Il Negresco Palace».

Lo conoscevo. Di recente apertura, tutto cemento e vetro. Un quattro stelle anonimo tra la periferia e l'autostrada. Ne erano spuntati diversi negli ultimi tempi, dopo l'allargamento dell'area espositiva della fiera. Mi domandai se si trovasse lì la cassaforte dei calabresi.

«Il ragioniere sta sempre nel tuo locale» continuò il russo. «L'ho seguito la notte e la mattina, non è stato difficile, è un tipo decisamente abitudinario. Esce dalla Nena e raggiunge a piedi piazza Vittoria di Lepanto dove sale su un taxi e raggiunge il Negresco Palace. La mattina si fa riportare in piazza, svolge alcune commissioni e poi va al lavoro».

«Ma non scopa mai?».

«Puttane servite in camera».

«Tutto qui? Non hai scoperto nient'altro?» chiesi sconfortato.

«C'è un'unica anomalia» si decise a raccontare il russo. «Ogni lunedì il taxi che lo carica in piazza è un NCC».

«Noleggio con conducente» tradussi. «Un privato, insomma».

Le labbra di Michail si arricciarono in un sorriso sornione che, per un attimo, mi ricordò quello di un attore francese. «È sempre lo stesso autista con la stessa macchina, una berlina Lexus color grigio metallizzato. La cosa strana è che arriva appositamente da Milano solo per portare Tortorelli in hotel».

«Come fai a saperlo?».

«L'ho seguita. Ha scaricato il ragioniere ed è tornata subito nella sede della ditta».

«Sai cosa penso? Che quell'autista è così di buon cuore che fa il giro dei vari Tortorelli e distribuisce delle buste piene di banconote».

«Dici?».

Gli raccontai dell'aumento anomalo e costante degli incassi della Nena. «Ti ricordi quando mi chiedesti se mi ero messo in testa di rapinare la 'ndrangheta? Beh, ora come ora mi sembra un'eventualità da non escludere».

«Allora ti servirà un *all out* con i controcazzi come dite voi italiani». Era ricomparso il sorriso furbo.

«Scommetto che l'hai trovato».

Fece uscire la mano dal finestrino e l'agitò come se salutasse qualcuno. Dopo qualche secondo si aprì la portiera posteriore e un uomo s'infilò nell'auto. Lo guardai attraverso lo specchietto.

«Ehi, stronzo» urlai. «Vai fuori dai coglioni».

Il russo mi poggiò una mano sul braccio. «È lui».

Mi voltai di scatto per guardarlo meglio. «Ma è un negro».

«Mi chiamo Hissène e sono africano, vengo dal Ciad» mi corresse in un buon italiano ma con un forte accento francese.

«Tanto piacere, ma ancora non capisco che cazzo ci fai nella mia macchina».

Il ciadiano aprì la portiera e si rivolse a Michail. «Credo che abbiate bisogno di chiarirvi. Io aspetto fuori».

«Perché lo hai trattato così?» mi rimproverò il russo.

«Perché siamo in Veneto e anche i vigili urbani danno la caccia ai clandestini» risposi in tono concitato. «E lui ha il colore giusto per attirare quel tipo di attenzione che noi dobbiamo evitare».

«Stai ragionando nel modo sbagliato».

«E perché?».

«Perché nessuno potrà mai ricondurlo a te e qualsiasi cosa tu conti di fare avrai bisogno di apparire pulito, *dopo*» rispose scandendo le parole. «Ipotizziamo che decidiamo di rapinare sul serio i calabresi… Cosa c'è di meglio di un negro per allontanare ogni sospetto?».

«Cosa sai di lui?».

«Ha fatto il corriere per la mafia nigeriana, ma si è tenuto gli ovuli pieni di roba e l'ha rivenduta».

«È un morto che cammina».

«Appunto. Della sua morte incolperanno altri negri».

Vista così la faccenda meritava un'ulteriore riflessione, anche se le perplessità prevalevano ancora. «Possiamo impiegarlo solo quando sarà l'ora delle maniere forti. Non serve a un cazzo per appostamenti e pedinamenti».

«A quelli penso io».

«Come l'hai trovato?».

«Sono straniero e anch'io sono stato clandestino prima di essere assunto dalle due napoletane… diciamo che conosco l'ambiente».

Scesi dalla macchina e gli feci cenno di montare. «Ti chiedo scusa» iniziai a raffazzonare, «ma sono rimasto spiazzato. Non mi aspettavo che tu fossi di colore». Mi guardò impassibile.

«Posso farti qualche domanda?».

«Dipende».

«Sai sparare?».

«Nel 2006 ho combattuto con il FUC per rovesciare il presidente Idriss Déby Itno. Sono uno dei pochi soprav-vissuti della marcia verso N'Djamena».

«Non so di che cosa tu stia parlando, ma mi sembra di capire che la risposta sia sì».

«Kalašnikov, Makarov, RPG…» snocciolò in tono stan-co. «Il solito menu delle guerre africane».

Indicai il russo. «Ti ha detto quant'è il tuo compenso?».

«Cinquantamila e il passaporto».

Il documento era un'ulteriore balla di Michail. Lo os-servai meglio. Hissène era giovane e robusto. E aveva un bel viso dai lineamenti poco marcati e con sopracciglia particolarmente lunghe.

«Quanti anni hai?».

«Ventinove».

«Hai un posto dove stare?».

«Nessun posto sicuro» rispose. «Quello me lo devi for-nire tu».

In effetti un posto dove nasconderlo c'era. E significa-va averlo sempre sotto controllo. Usarlo e poi, con i giusti accorgimenti, guidarlo verso il proprio destino.

Gli porsi la mano. «Va bene. Sei arruolato».

Me la strinse con riluttanza. Non si fidava. Se era anco-ra vivo dopo aver derubato i nigeriani significava che tanto scemo non era. Gli feci segno di scendere. «Ti dispiace? Devo parlare con il mio socio».

Mi accordai con Michail che avrei preso in consegna il ciadiano la notte seguente. Avevo bisogno di tempo per or-ganizzare la sua tana.

«Devi raccogliere tutte le informazioni possibili sulla Lexus» dissi. «Se è giusta l'intuizione che arriva carica di soldi dalla Lombardia rischiamo di ritrovarci un bel malloppo tra le mani».

«Il prossimo lunedì tento di seguirla da Milano».

«Non chiedere troppe informazioni allo sbirro» mi raccomandai. «Potrebbe diventare curioso e ingordo».

«Tranquillo. Non ho più bisogno di lui».

Era ora di tornare al lavoro per non insospettire Tortorelli. Ero soddisfatto e fiducioso. Finalmente un abbozzo di piano stava prendendo forma. Ero partito con un'intuizione su Ylenia Mazzonetto, la segretaria di Brianese. Ora sapevo molto di più e avevo a disposizione una truppa sgangherata ma forse sufficiente per raggiungere i miei scopi. Dovevo trovare il modo di far recitare tutti i personaggi secondo un unico copione. E portare a casa la pelle. Non sarebbe stato facile ma ormai non potevo più tornare indietro: l'accelerazione criminale degli eventi aveva raggiunto la velocità di crociera.

Avvicinandomi all'entrata della Nena notai che mancava qualcosa. Anzi, che mancava qualcuno. Din Don, il tizio che pagavo per tenere lontani gli ambulanti dal locale, non era al suo posto. Si era rincoglionito a forza di ingurgitare anabolizzanti e altre schifezze, il soprannome stava a indicare quanto fosse suonato. L'occhio di portico sul quale si affacciavano l'entrata e la grande vetrata del locale erano la sua seconda casa. La prima era quella della madre, ma la convivenza era difficile e lui non vedeva l'ora di piazzarsi di fianco alla porta e vigilare che non entrassero persone poco gradite.

Dovevo immaginare che c'entrava in qualche modo Tortorelli. «L'ho mandato via».

«E perché?» chiesi esterrefatto. «Ora ci sarà una processione continua di venditori di fiori e pezzenti vari che romperanno i coglioni ai clienti».

«La gente è abituata. E poi era una questione di cortesia».

«Cortesia?».

«Verso chi li gestisce» spiegò come se parlasse con un ritardato.

Scoraggiato, mi rifugiai in cucina a parlare col cuoco.

Verso l'ora di pranzo lo stronzo mi comunicò che sarebbe andato a mangiare in un altro ristorante. Era stato organizzato un buffet per festeggiare il buon esito delle trattative di Brianese sul fronte delle poltrone delle ASL. Aveva spuntato il quarantacinque per cento nonostante i padanos fossero incazzati per essersi ritrovati a gestire conti in rosso che sulla carta risultavano in attivo.

«E ti ha invitato?».

«No, ma faccio un giro giusto per farmi vedere. E per imparare qualcosa. Lì sanno come abbinare un buon vino al Blue Stilton».

Mi scappò un sorriso. Lui alzò l'indice. «Una volta» disse in tono solenne. «Una volta sola mi faccio prendere per il culo».

«Tu sì che sei uno con i coglioni» lo provocai.

«Abbassa la cresta, Pellegrini. Il cazzo più grosso lo hai in culo tu, al momento».

«Proprio non ti capisco quando parli».

«Lo so. Sei talmente fesso che quasi quasi fai tenerezza».

In quel momento un desiderio crudele mi attraversò la mente con la velocità e la potenza di un fendente. Strizzai gli occhi per gustarlo meglio e Tortorelli lo scambiò per un gesto di resa.

«Non riuscirò mai a capire come ha fatto l'onorevole a darti tutta questa fiducia» aggiunse in tono schifato. Poi tornò dietro la cassa. Io invece mi precipitai in cantina a cercare una bottiglia in particolare.

La posai di fronte a Tortorelli. «Un gesto di pace».

Mi guardò con disprezzo. «D'accordo. Ti ringrazio. Ora però devo lavorare».

Passai il dito sul vetro. «Osserva quanto è spesso il vetro, deve reggere fino a dieci atmosfere. E guarda la bellezza della linea che parte dal collo è scende fino alla base».

«È una champagnotta come tante altre, e allora?».

«Una champagnotta *prestige cuvée*» lo corressi. «La regina delle bottiglie».

«La berrò alla tua salute» mi sfottè.

«Vedi, ora sei tu a non capire» dissi in tono misterioso prima di occuparmi delle prenotazioni.

Ero pentito di essermi comportato in quel modo con il ragioniere. Accusavo i colpi della tensione e la notte non ero riuscito a trovare il mio equilibrio. Colpa di Nicoletta. Quando le avevo annunciato che sarebbe ritornata a casa sua a fare da balia a un negro e che si sarebbe ritrovata ancora più coinvolta in una storia in cui qualcuno era destinato a farsi del male, aveva fatto le bizze. Ed ero stato costretto a essere persuasivo. Era stato faticoso e si era fatta mattina. Avevo avuto giusto il tempo di passare a casa per una doccia, ma non per usare lo straordinario potere della devozione di Martina. E sarebbe stata la mia ultima occasione prima di chiudere i conti perché, in quel momento, lei era già in viaggio verso la clinica tedesca dove con la mamma avrebbe assistito il padre.

«Pensami» aveva detto salutandomi sull'uscio.

Avrei dovuto accontentarmi di Gemma, ma era ancora acerba e tra di noi non c'era la complicità che solo col tempo si può costruire.

Alla fine di un giorno noioso riuscii a lasciare il locale e a recarmi all'appuntamento con Michail per condurre il ciadiano nella sua nuova e ultima dimora.

Hissène viaggiava leggero. Una borsa minuscola con quattro stracci. Salì in macchina in silenzio. Io rimasi a fare due chiacchiere col russo.

«Comincio ad avere problemi con le napoletane» disse preoccupato. «Troppe assenze».

«Lunedì pedinerai la Lexus e poi agiremo».

«Hai un piano, allora?».

«Sì» mentii senza motivo.

«Lei è Nicoletta. È la tua fatina, baderà a te».

Il negro era rimasto sorpreso di trovarsi di fronte una donna bianca bella ed elegante, in una casa che per i suoi standard era una reggia.

La mia ex socia allungò la mano e lui la strinse un po' imbarazzato. «Mi chiamo Hissène».

Lei mi guardò. «Gli hai già spiegato le regole?».

Il ciadiano mi anticipò. «Non devo uscire e farmi vedere alle finestre, usare il telefono di casa… le so meglio di voi, io vivo nascosto».

«Dovrai avere pazienza. Prima di agire dobbiamo fare delle verifiche».

«Non ho nessuna fretta» disse indicando il divano dove avevo strangolato Isabel. «Mi metto comodo a guardare la tv satellitare».

Indicò le scale. «Dov'è la mia stanza?».

«Vieni, te la mostro» disse Nicoletta.

Mi servii da bere. Appena un goccio di amaro. In quella zona c'erano diverse discoteche e i controlli si sprecavano. Lei tornò giù dopo qualche minuto.

«Ho paura a stare da sola con lui».

«Ne abbiamo già discusso» tagliai corto. «Hai notizie del residence?».

Prese un mazzo di chiavi e un telecomando dalla borsa. «C'è un appartamento, sotto quello dove s'incontrano Ylenia e Brianese, che è libero dal venerdì pomeriggio al lunedì mattina. L'ingegnere che lo occupa torna a casa tutti i week-end e le feste comandate».

«Mi aspettavo di meglio».

Il tono diventò esasperato. «Tu pensi sempre che basti dominare le vite altrui e schioccare le dita per avere tutto. Ma non funziona così».

«È da ieri sera che frigni».

«Perché non ne posso più».

«Di tradire i soci?» la sfottei.

Mi piantò l'indice nel petto. «Io non sono Martina né tantomeno quella sciroccata di Gemma».

«Calmati. Hai un ospite».

«Offrimi una via d'uscita, Giorgio, altrimenti non me ne frega più un cazzo di nulla».

«Addirittura?».

«Faresti meglio a credermi».

La conoscevo e sapevo che non stava parlando a vanvera. Mi sedetti e le indicai la bottiglia d'amaro e il bicchiere vuoto.

«Versami da bere».

Nicoletta obbedì. Si accese una sigaretta e soffiò il fumo verso il soffitto. Nella mia vita precedente avevo incontrato un'altra donna che mi era sgusciata tra le dita. Decisa a non subire più, si era ribellata e l'avevo perduta per sempre. Le donne di quel tipo sono strane. Una volta che decidono non tornano più indietro. E sono pronte a pagare qualsiasi prezzo. Quella che avevo di fronte era pronta a buttare tutto e tutti nel cesso. Dovevo farmene una ragione e rinunciare a giocare con la sua vita. Un gran peccato. Ora l'unica cosa che potevo fare era cercare d'intavolare una trattativa che non mi facesse perdere la faccia. Ogni cosa ha un prezzo, e avrei fatto in modo che il suo fosse salato.

«Tutto quello che voglio senza discutere fino alla fine della faccenda» sparai senza tirare fiato. Mi concessi una pausa. Aprii le mani con un gesto lento. «Poi, ognuno per la sua strada. Lascerai la città e non ti vedrò mai più».

«Affare fatto».

Allargai le gambe e mi misi comodo. «Gli affari vanno festeggiati».

«Giusto» disse inginocchiandosi. «Magari dopo mi faccio il negro» aggiunse con un tono che non mi piacque.

«Non è detto che si getti ai tuoi piedi, donna bianca» ribattei incarognito. «Sei più vecchia di lui di almeno dieci anni».

Gemma aveva un vecchio giradischi e una collezione di LP che il marito non era riuscito a portarsi al Sud. Ogni tanto frugavo tra i dischi e pescavo quelli che avevano fatto la storia della mia generazione e che ascoltavo quando ero una giovane testa di cazzo e volevo fare la rivoluzione. Avevo ascoltato *Volunteers*, il primo trentatré giri dei Jefferson Airplane, uscito l'anno successivo al loro scioglimento, ma avevo perso letteralmente la testa per Grace Slick, la cantante. Era un gran pezzo di figa e aveva una calda voce da contralto che me lo faceva regolarmente rizzare. Ora la nuova puntina, che avevo fatto comprare dalla mia amante, rendeva giustizia a una copia ben conservata di *Manhole*, il primo LP che aveva registrato da solista. Non rimpiangevo affatto quegli anni ma, rispetto al presente, avevano di buono che i giovani si erano divertiti alla grande a fare sberleffi al mondo intero. La creatività era impressionante in ogni campo, dalla musica al cinema, dall'arte al crimine. Straordinarie bande di rapinatori avevano ripulito banche con le orecchie sazie di ottimo rock e uno spino in bocca. Qualcuno nel mio giro aveva iniziato a teorizzare il crimine creativo in risposta a quello spietato, ripetitivo e noioso del capitale. Quante cazzate.

Alzai un piede e lo ficcai tra le cosce di Gemma, che dondolava stremata appesa al soffitto. Avevamo giocato agli astronauti e raramente avevo visto una donna godere fino a perdersi in un breve ma intensissimo delirio. Feci scendere piano il piede lungo la gamba, poi lo usai per farla girare su se stessa.

A quei tempi il crimine organizzato era più frizzante e meno oppressivo. Evidentemente anche le grandi bande risentivano del mondo che cambiava. Poi, con la fine del sogno e una massa di sfigati in galera con l'ergastolo sul groppone, erano arrivate le mafie e la globalizzazione a spazzar via ogni libera concorrenza, e anche nell'illegalità tutto era diventato grigio e piatto.

Quelli come i Palamara erano uguali anche trent'anni prima. Dinosauri cresciuti in una cultura che non lasciava spazio all'immaginazione. Noi invece eravamo quelli dell'"immaginazione al potere". Mi pare fosse stato Marcuse a tirar fuori questa troiata. Mi alzai per girare l'LP.

«Ehi, Re di cuori» mormorò Gemma. «Mi scopi ancora un po'?».

Diedi una sbirciata giù in basso. Non c'era alcuna speranza. «La ditta è chiusa».

«Fatti un'altra pastiglietta».

Avevo superato la dose massima del mix di Tadalafil e *maca* peruviana. «Un altro milligrammo e ci resto secco» bofonchiai.

"Dov'ero rimasto?" mi domandai. Non volevo smettere di seguire quel pensiero sull'immaginazione perché era proprio quello che mi serviva per fregare i calabresi. Conoscevo il loro modo di ragionare. Ricordai alcuni episodi accaduti in galera, dove il capobastone di turno era uscito di testa perché qualcuno o qualcosa aveva messo in crisi la routine mafiosa.

Manhole era una musica sensuale fino allo spasimo. Sentii una lenta e sinuosa scarica di brividi lungo la schiena. Perché cazzo mi ero privato di quella bellezza assoluta fino a quel momento? Alzai ancora la gamba e impressi un altro movimento di rotazione al corpo della mia amichetta.

Un altro flash. *Knock me out*. Altro grande brano di Grace Slick e Linda Perry.

Confusion new
Do you, and nothing's right...

Confusion. Baraonda. Marasma. Babele. Un russo, un negro, un italiano. Sembrava l'attacco di una barzelletta, invece poteva essere la base del crimine creativo che avrei sperimentato con i calabresi. *Confusion*. Bisognava intontirli di creatività. Accecarli di immaginazione.

L'invincibilità della mafia era una verità offuscata da numerose eccezioni. Lo dimostravano il discreto numero di omicidi punitivi.

"Te la senti di provarci?" mi domandai.

Grace mi trafisse con un acuto e allungai una mano verso il culo di Gemma convinto che gli indipendenti avessero ancora diritto a sognare un futuro.

L'indomani mattina mi svegliai pieno di sana energia in attesa che, alla fine di un giorno noioso, il russo mi comunicasse le informazioni che mi servivano.

Non mi deluse. Si era mosso come un professionista e aveva seguito la Lexus senza farsi notare. Aveva scritto una sfilza di appunti in cui aveva segnato luoghi, orari, distanze chilometriche, posizione delle telecamere, descrizioni fisiche, targhe e modelli di auto.

«Sono convinto che possiamo farcela» dissi alla fine.

«Certo» ribatté il russo. «Le rogne arriveranno dopo che gli avremo fatto male. Vorranno vendicarsi, ma quello è un problema tuo perché io sarò lontano. Ognuno deve avere paura della mafia di casa propria».

«E tu ce l'hai?».

«Talmente tanta che non tornerò mai più in Russia».

«E dove andrai, allora?».

Mi guardò come se mi fossi rimbecillito. «Venezuela, e dove sennò? La terra che ha dato i natali alle mie puttane».

Festeggiammo con Coca-Cola e sfogliatelle al bar dell'area di servizio. A quell'ora non vendevano più alcolici per evitare che i ragazzini si schiantassero a duecento all'ora con la BMW del papà.

Capitolo quarto
Ylenia

Quel residence era così discreto che perfino l'ascensore era silenzioso. Quando le porte scorrevoli si aprirono, con un fruscio quasi impercettibile, Ylenia non si sarebbe mai aspettata di trovarmi ad attenderla. Feci un passo e le puntai la pistola silenziata appena sotto l'occhio destro.

Pronunciai la frase di rito: «Se urli ti ammazzo».

Schiacciai il pulsante del piano inferiore. La donna era terrorizzata e io ne approfittai per spingerla lungo il corridoio fin dentro l'appartamento dell'ingegnere, di cui avevo lasciato la porta socchiusa per non trovarmi costretto ad armeggiare con le chiavi.

La segretaria di Brianese si voltò per affrontarmi, la colpii allo stomaco con un gancio per lasciarla senza il fiato necessario a gridare. Cadde seduta a terra. Le infilai in bocca una palla di gomma per cani, l'afferrai per i capelli e la trascinai nella stanza attrezzata per la ginnastica. Le strappai i vestiti di dosso e la legai carponi sulla panca.

In Centramerica avevo imparato che, quando i soldati catturano un guerrigliero e intendono strappargli informazioni, non perdono tempo a torturarlo, per impedirgli di elaborare la propria situazione di prigioniero e aggrapparsi a difese psicologiche. Gli istruttori francesi, americani e israeliani avevano percorso in lungo e in largo il pianeta per insegnare questa grande verità.

Ylenia non era una militante politica e nemmeno una donna di malavita. Era una segretaria cresciuta all'ombra di un uomo di potere come Brianese, aveva imparato a essere scaltra e arrogante, ma della violenza non sapeva assolutamente nulla.

Mi sedetti di fronte a lei, presi un'asta per pesi e iniziai a spalmarne la punta di vaselina. Cominciò ad agitarsi come un'ossessa ma l'avevo legata stretta. Gli occhi erano impastati di trucco e lacrime. Del muco scendeva dal naso. Si pisciò addosso.

«Se ti infilo questo» attaccai a spiegare, «poi sarai così spaccata dentro che i medici farebbero davvero fatica a salvarti e io sarei costretto a eliminarti, tagliarti a pezzi e darti in pasto ai maiali. Pensa ai titoli sui giornali: "La segretaria dell'onorevole Brianese scomparsa nel nulla"… Diventeresti un caso televisivo senza soluzione». Imitai un noto conduttore di una trasmissione specializzata in crimini irrisolti. «Ancora nessuna novità sul caso di Ylenia Mazzonetto…».

Avvicinai la bocca al suo orecchio. Volevo che sentisse il mio alito caldo. «Ma se tu mi racconti gli affari sporchi di Brianese io ti lascio andare. Nessuno, nemmeno lui, saprà che lo hai tradito. Io non lo voglio rovinare, voglio solo riprendermi La Nena, il mio unico desiderio è che tu e l'avvocato torniate a frequentare il mio locale e che tra di noi regnino armonia e amicizia».

Presi l'asta e mi portai alle sue spalle. La sfiorai appena e lei sussultò. «Adesso voglio che tu mi faccia un cenno con la testa. Positivo o negativo. La scelta è tutta tua, Ylenia».

Non ebbe un solo attimo di esitazione. Era pronta, prontissima a tradire chiunque pur di salvarsi. Piazzai il cavalletto con la telecamera che avevo comprato poco prima in un ipermercato in modo che l'inquadratura mostrasse solo il volto. Le tolsi di bocca la pallina.

«Parla» ordinai.

Era sotto choc e non riusciva a essere lucida. La schiaffeggiai. «Comincia dall'ultima porcheria» le consigliai in tono paterno.

All'inizio le tremava la voce, poi divenne appena un po' più sicura. Raccontò che Brianese era entrato mani e piedi nel business del nucleare. Il suo compito era preparare il terreno dal punto di vista politico e legislativo. Doveva girare il Veneto con scienziati a libro paga per illustrare la convenienza della fonte energetica e individuare i siti.

«Non capisco dove sta l'affare».

«L'operazione è finanziata da una lobby che vende impianti obsoleti dismessi da altri stati. L'obiettivo è farli acquistare come se fossero nuovi, allungare all'infinito la costruzione per rimandare il collaudo e succhiare denaro fino a quando è possibile».

Finsi di non crederle per costringerla a rivelare il maggior numero di dettagli. «Mi stai prendendo per il culo» sbottai in tono duro afferrando l'asta.

«No! Ti giuro che è tutto vero» e iniziò a snocciolare nomi e dettagli.

Brianese chiamò mentre la sua segretaria lo stava sputtanando sui rapporti interni al partito. Misi in pausa la telecamera, presi il cellulare dalla borsetta e lo avvicinai al suo orecchio. Usai l'altra mano per puntarle la pistola sulla fronte.

«Digli che hai avuto un contrattempo e che sei in ritardo. Se fai la stronza muori e mando questo bel filmino alla mamma e al papà, oltre che alla stampa».

«Va bene».

Schiacciai il tasto che la metteva in comunicazione con il suo amante. «Scusa Sante ma ho avuto un problema con la macchina… No no, aspettami, arrivo tra un po', ciao… ciao».

Non era stata convincente ma quella telefonata non si poteva evitare. Dovevo sbrigarmi. Spensi il cellulare e lo rimisi al suo posto.

«Pensa come può essere carogna la vita, Ylenia» la sfottei. «Il tuo amato è al piano di sopra che si preoccupa del tuo ritardo e tu sei qui a pochi metri di distanza che gli stai scavando la fossa».

Scoppiò a piangere disperata. Avevo commesso un errore. Ora avrei fatto più fatica a estorcerle informazioni, ma ne avevo comunque a sufficienza per ricattare la segretaria e intavolare una trattativa con l'avvocato.

Le agitai la palla da cane davanti agli occhi. «Smettila, altrimenti ti tappo la bocca e ti faccio male, tanto male».

«Lasciami andare. Ti ho detto tutto».

«Balle. Ma mi accontenterò. Ho solo un altro paio di domande sul piano personale».

Feci ripartire la telecamera. «Da quanto tempo vai a letto con Brianese?».

«Sette anni».

«Un vero grande amore» commentai. «E la moglie lo sa?».

«Penso di sì ma non è un problema. Non hanno rapporti da anni».

«E com'è a letto, l'avvocato?».

«Non chiedermi questo, ti prego».

«Ma se è la parte più interessante. Se vuoi ti posso aiutare a ricordare» dissi abbassando la cerniera dei pantaloni.

Non vi fu bisogno di andare oltre. Rispose a tutte le domande. Non tralasciai nemmeno un particolare. Quando spensi la telecamera Brianese non aveva più segreti per me. Ma rimanevano le questioni che mi riguardavano direttamente.

«Perché ha deciso di rovinarmi portandomi via La Nena?».

La risposta mi sorprese assai. «Non può restituirti i due milioni».

«E non perché sono entrato in casa sua e gli ho macchiato l'impermeabile?».

Scosse la testa. «Sante è pieno di debiti».

«Con tutti i soldi che gli girano tra le mani?».

«Sta salvando il partito, costruendo le basi future per riprendersi il Veneto».

«E i Palamara da dove saltano fuori?».

«Stanno costruendo in mezza Lombardia, ma c'è un gruppo di magistrati che sta indagando sul riciclaggio. Per questo hanno avuto la necessità di spostarsi in Veneto».

«E il contatto com'è avvenuto?».

«Una delle loro ditte di costruzioni ha vinto un appalto per la nuova autostrada. La gara era truccata...».

Ylenia era sfinita. Era arrivato il tempo di restituirla al suo padrone, amante, mentore, padre... «Cosa c'entra una ragazza di buona famiglia come te con un corrotto come Brianese?».

«Sante non è un corrotto» ribatté indignata. «Non è colpa sua se la politica oggi sguazza nel fango. Lui vuole il bene di questo paese ma deve fare i conti con la realtà».

Avevo visto giusto. Lei era troppo innamorata e si beveva ogni stronzata che le rifilava l'avvocato. L'aveva trasformata in un docile e utile strumento. Io me ne intendevo, ero certo di non sbagliarmi. Per questo mi ero guardato bene dal parlarle del mio giro di puttane di cui il suo Sante aveva sempre largamente usufruito. Le aveva senz'altro detto che lui si limitava ad accompagnare gli "altri" tenendo però l'uccello al sicuro dentro i pantaloni perché amava e desiderava solo lei. Erano le stesse parole che avrei usato anch'io per abbindolarla. Se le avessi svelato la verità avrei fatto crollare la diga e Ylenia non mi sarebbe più stata utile. Anzi.

Le diedi un buffetto. «Nonostante quello che mi ha fatto sono convinto anch'io che l'avvocato sia un uomo perbene. Per questo dobbiamo fare in modo che non venga mai a sapere della nostra chiacchierata. Vero?».

Presi la chiave del suo appartamento dalla borsetta e ne feci un calco. Poteva rivelarsi utile. Tornai nella stanza e la slegai, la portai in bagno e la cacciai sotto un getto d'acqua fredda. Prima di uscire dall'appartamento le misi sotto il naso la piccola telecamera. Lei era un disastro. Il volto era una maschera. La camicetta e la gonna erano leggermente strappate. «Non ho idea di cosa gli racconterai, ma ti conviene essere convincente».

La costrinsi ad accompagnarmi in ascensore fino al garage. Le diedi un bacio sulla guancia e raggiunsi l'utilitaria che mi ero fatto prestare da Agata, una delle cameriere.

Tornai al locale poco dopo le 21, il primo giro di tavoli era già al dessert.

Tortorelli fece segno di avvicinarmi alla cassa.

«Ho un diavolo per capello» sibilò.

«Parli come mio nonno».

«Hai superato il segno. La prossima settimana racconto tutte le tue cazzate a Giuseppe Palamara. Vedrai che ti passa la voglia di fare il coglione».

Guardai la sala. Un pakistano stava facendo il giro dei

tavoli appoggiando fiori sulle tovaglie di lino e interrompendo i discorsi dei clienti.

«Mi sa che vendo» bofonchiai. «Pensi che il signor Palamara possa essere interessato?».

Il ragioniere cambiò atteggiamento e divenne più accomodante. «Non ho dubbi» rispose. «Hai già deciso che farai?».

«Cambio aria e cambio attività. Mia moglie ormai è fissa in Germania per seguire il padre...».

Lo stronzo annuiva comprensivo. Si immaginava già di dirigere La Nena.

«Potrei aprire una pizzeria dalle parti di Duisburg, mi risulta che il signor Palamara abbia delle conoscenze in quella zona».

Non colse l'ironia. «Se vuoi gliene parlo».

«Davvero? Mi faresti una cortesia».

Feci il giro dei tavoli sbirciando la sua reazione. Appariva soddisfatto e sollevato. Si aspettava di ricevere una pacca sulle spalle dai suoi padroni e di avere finalmente un ruolo decente. Avrebbe lasciato l'hotel per un appartamento e cercato una donna tra le clienti. Finalmente un po' di luce nella sua vita, peccato però che io avessi altri progetti su di lui.

Fu una serata lunga e faticosa. I clienti sentivano la primavera e avevano voglia di tirare tardi. Prima di andare da Gemma passai da casa e scaricai il filmato nel pc. Avrei pensato poi a montarlo come si deve, cancellando le domande. Ylenia era stata perfetta. Sempre se non crollava e non raccontava tutto a Brianese. Ma ero certo che non l'avrebbe fatto.

«Re di cuori! Finalmente sei arrivato » mi accolse la mia ospite.

«Sono decisamente infoiato, stasera» l'avvertii. «Ho avuto la possibilità di divertirmi con una bella signorina ma ho dovuto rinunciarvi per motivi di opportunità».

«Categoria di motivi che con me non hanno ragione di esistere».

«Nella maniera più assoluta».

«Pensi che possa sostituire degnamente la bella signorina?».

«Ritengo giusto offrirtene la possibilità».

Domenica pomeriggio, subito dopo pranzo, tornai al residence per cancellare le tracce della mia permanenza nell'appartamento dell'ingegnere. Arrivai munito di tutto l'occorrente per una pulizia approfondita. Notai subito nel garage sotterraneo la presenza della Mini Cooper cabrio di Ylenia. Per sicurezza controllai che non vi fosse anche l'auto dell'avvocato, ma ero certo che in quel momento si trovava in compagnia di moglie, parenti e amici. Era il giorno della settimana dedicato alla famiglia e Brianese non avrebbe mai fatto un'eccezione.

Spinto dalla curiosità suonai il campanello del loro nido d'amore. Mi aprì sorridendo, certa che fosse il suo Sante. Impallidì e la sua prima reazione fu quella di richiudere la porta, ma la punta della mia scarpa fu più veloce. La spinsi dentro. Indossava una sottoveste color avorio. Un po' antiquata, come piaceva all'avvocato.

«Cosa ci fai qui?» domandai. «Oggi dovresti essere con mamma e papà o con le amiche. Messa, vassoio di paste, tagliatelle e pollo arrosto…».

«Ho preferito rimanere qui».

«Problemi con il tuo amante?» domandai guardandomi attorno. L'appartamento era arredato con gusto, stile country ma costoso. Non era uno scannatoio ma un vero nido d'amore.

«Non mi ha creduto» rispose in tono lamentoso. «È convinto che abbia avuto un incontro di sesso focoso con un giovane amante».

"Focoso". Ridacchiai immaginandomi la situazione. «Geloso l'avvocato».

Mi rivolse uno sguardo carico d'odio. Le porsi il sacchetto pieno di detersivi e spugnette di ogni tipo. «Vieni con me a pulire la tua pisciata di ieri. Nel frattempo ti racconto come sono fatti gli uomini».

In sottoveste e guanti di gomma rosa lunghi fino al gomito, Ylenia sembrava l'attrice di un film porno del filone casalinghe. Mentre era china a pulire il pavimento un ciuffo le cadeva sulla fronte e lei lo allontanava con un movimento piuttosto sexy. Come avevo promesso fui generoso, le raccontai alcuni segreti su noi maschietti e le diedi una montagna di consigli, la maggior parte inutili, su come riconquistare il suo avvocato. Era divertente e rilassante. Lei ascoltava attenta, ogni tanto annuiva, altre volte mi sbirciava perplessa. Quando la riaccompagnai di sopra ero certo di aver creato un certo feeling con la bella segretaria.

«Sono stata fortunata a incontrare Sante» disse mentre entrava nell'appartamento. «A quest'ora potevo ritrovarmi sposata con uno come te. Ignorante e violento».

Lampi di rabbia sorda mi esplosero negli occhi accecandomi per qualche istante. Mi concentrai sulla forma di una lampada per non perdere il controllo. «Tra qualche anno non sarai più la sua amante ma la sua badante» sibilai, certo di stenderla al tappeto.

«La maturità della mia gerontofilia».

«Che cazzo hai detto?».

«Nulla di importante, ma non metterti a fare l'amicone. Mi hai sequestrato e minacciato di morte per strapparmi informazioni e io non ho avuto il coraggio di oppormi».

«Non ti montare la testa. Sei solo una fogna, come il tuo capo».

Ero furioso con me stesso. Mi ero comportato come uno sprovveduto, ma Ylenia aveva superato il segno contravvenendo a una regola aurea: se qualcuno ti tiene per le palle devi abbozzare. Sempre. L'avrebbe pagata cara.

Hai già parlato con Giuseppe Palamara?».
«Non ancora» rispose gentile Tortorelli. «Penso di farlo mercoledì o giovedì».

Mi esibii in una smorfia delusa. «Ti dispiace se oggi pomeriggio e stasera non vengo? Non so come spiegartelo, ma ormai non riesco a lavorare come prima. Anzi, se hai idee per il menu parla tu con il cuoco perché io ho la testa vuota».

«Vai tranquillo, Pellegrini» mi rassicurò con un tono da televendita. «La Nena è in buone mani».

Parcheggiai l'auto vicino casa di Nicoletta. Presi lo zainetto con la pistola, il silenziatore e altri oggetti utili all'azione e mi avviai prendendomela comoda. Ero in anticipo.

La mia ex socia portava i capelli raccolti. Una novità. La sigaretta tra le labbra era invece la norma. «Dov'è il negro?».

«Di sopra. Si sta facendo bello».

Salii le scale e lo trovai di fronte allo specchio del bagno con la faccia insaponata. Stava cantando e non si interruppe quando entrai.

«Rock'n'roll» constatai.

Annuì soddisfatto.

C'est lundi
Dans mon lit
Il est onze heures
Mal au coeur
Mal dormi
Envie de pipi...

«Sei allegro» commentai.

«Oggi forse cambia la mia vita».

«Soldi e passaporto, già... Dove conti di andare?».

«Torno in Africa. Dove... è un dettaglio».

Scesi al piano di sotto. Nicoletta stava caricando la lava-piatti. «Il negro pensa di tornarsene in Africa».

«Povero illuso. Non ha ancora capito quanto sei abile a distruggere i sogni degli altri».

«Ti sei affezionata?».

«Un po'» rispose ironica.

«Fumati un'altra cicca e stai a cuccia. Oggi non è giornata per avere la merda nel cervello».

Puntuale al secondo arrivò Michail, e Nicoletta si defilò al piano superiore. «Ecco la cavalleria cosacca» scherzò mente appoggiava due valigie sul tavolo del salotto. Una conteneva i vestiti, i guanti e i passamontagna. L'altra i cellulari, le manette, il nastro adesivo e le pistole. Nuovissime, ancora imballate. Aprii una scatola e mi ritrovai in mano una grossa semiautomatica dall'aria robusta.

«Da dove arrivano?» domandai cercando di leggere le scritte sul carrello.

«Polonia» rispose il russo. «Calibro nove. Quindici proiettili nel caricatore».

La porsi al ciadiano. «Pensi di sapertela cavare? Sei quello più esposto».

La impugnò correttamente e fece tutti i movimenti che mi sarei aspettato da uno che ha combattuto. «Bella pistola» commentò puntandola verso una parete. «Incute rispetto».

Mi cambiai nel bagno del piano terra. Vestiti cinesi di poco prezzo. Giacca e pantaloni, cravatte e scarpe rigorosamente neri. Camicia bianca. Mi guardai allo specchio.

Sembravo una delle jene di Tarantino. Un tocco di *confusion* per i nostri amici calabresi.

«*Les cagoules*… I passamontagna sono solo due» mi fece notare Hissène quando tornai.

«Il piano prevede che qualcuno si ricordi di un tizio di colore» spiegai.

Fece una smorfia di disappunto. «Mi vedranno tutti in faccia».

«È quello che voglio. Tanto per noi siete tutti uguali e non sarà mai in grado di riconoscerti. L'importante è non lasciare impronte» aggiunsi lanciandogli un paio di guanti.

L'autostrada era congestionata di traffico e di lavori in corso. Michail se la cavava bene a guidare il SUV giapponese che aveva rubato nel parcheggio di una discoteca. Il giovanissimo proprietario era talmente impasticcato che gli aveva consegnato le chiavi con un sorriso. Il ciadiano si dimostrò un buon conversatore e impegnò Michail in una lunga discussione sul ruolo della Russia nel continente africano. Dopo un po' mi ruppi i coglioni. Avevo scelto il sedile posteriore per stare tranquillo ma non c'era verso.

«Non potete fare semplici discorsi da rapinatori? Donne, sport, denaro?».

Scoppiarono a ridere e Michail sintonizzò la radio su un canale che trasmetteva solo musica italiana. «Così va meglio?».

Il cantante era convinto che il sole esistesse per tutti. Ero certo che anche Tortorelli e i Palamara si fossero alzati quella mattina con la stessa convinzione. Mi infilai le cuffie dell'iPod. Nelle orecchie esplose la voce della mia Grace che mi incitava cantandomi: *"You have a power all your own"*…

*

La Lexus grigio metallizzata uscì alle 19 in punto dalla sede della ditta di noleggio auto. Imboccò l'autostrada che avevamo appena percorso in senso opposto e non superò mai i centodieci all'ora. Il russo pigiò l'acceleratore e arrivammo all'area di servizio nel bresciano con largo anticipo. Consegnai al negro uno dei cellulari con auricolare senza filo. Avremmo comunicato con quelli.

Il tizio con la Punto bianca era già arrivato e attendeva nel parcheggio vicino alle cabine telefoniche. Fumo e chiacchiere telefoniche uscivano dai finestrini aperti. Era l'ora dei panini e dei pasti veloci mentre gli autisti dei TIR si affrettavano ad accaparrarsi le piazzole migliori per trascorrere la notte. Una pattuglia della stradale si fermò davanti al bar. Facce stanche, un caffè e una pisciata per ritornare a macinare chilometri. I calabresi avevano scelto bene luogo e orario. Nessuno badava a nessuno.

La Lexus imboccò l'entrata e attraversò lentamente il parcheggio fermandosi davanti alla porta chiusa dell'officina. L'altro tizio scese, chiuse l'auto col telecomando e si avviò a passo tranquillo. Michail aveva detto che si sarebbe infilato nella Lexus, avrebbe fatto due chiacchiere col compare e sarebbe sceso con una borsa da ginnastica blu.

Hissène lo anticipò. Sbucò da un angolo e aprì lo sportello. «Metti in moto» lo sentii dire nell'auricolare.

L'altro non perse la calma. «Abbassa quel cannone. Il portafoglio è nel portaoggetti».

Nel frattempo quello della Punto, che aveva visto il negro salire, si era fermato guardandosi attorno, poi aveva accelerato il passo.

«Sbrigati» ringhiai nel cellulare, girandomi a controllare il russo che, con l'antica scusa della scarpa slacciata, stava affondando la lama di un coltello nella ruota della Punto.

«So benissimo chi sei e cosa trasporta questa macchina» disse il ciadiano. «Se non metti in moto io ti sparo».

L'autista obbedì senza discutere e la Lexus si mosse lentamente verso l'uscita, imitata da Michail che era risalito a bordo del SUV. Passammo di fianco all'altro che stava correndo verso la propria auto.

«Dove andiamo?» chiese l'autista.

«Torniamo a Milano, all'autonoleggio» rispose il negro.

«E che ne sai tu della ditta?».

«Zitto ed esci al prossimo casello».

Sentii squillare un cellulare. Doveva essere il tizio della Punto che voleva sapere che cazzo stava succedendo. Il ciadiano lo spense come gli era stato detto.

«Guarda nello specchietto» ordinò il negro. «Vedi quel fuoristrada che ci segue? Sono amici miei».

«Negri di merda come te, vorrai dire».

Era il momento di intervenire. «Passamelo».

Il negro si tolse l'auricolare e lo infilò nell'orecchio del calabrese. «Ti conviene stare calmo» dissi in tono tranquillo. «Giuseppe Palamara vuole capire chi gli fotte i soldi».

«Ma che cazzo sta succedendo?» gridò esasperato.

«Magari è Nilo e tu sei suo complice».

Si calmò e rimase zitto a lungo. Come avevo previsto non riusciva a mettere insieme i pezzi. Disse l'unica cosa di cui era certo: «Tu mi stai prendendo per il culo».

«Sì» ammisi senza esitazioni. «Però ti conviene stare zitto e buono se vuoi rimanere vivo».

Hissène gli staccò l'auricolare. «Lo hai perquisito?» domandai.

«È disarmato».

«Stai attento. È sveglio e pericoloso».

Michail, rimasto zitto fino a qual momento, mi lanciava occhiate perplesse. «Ti stai chiedendo perché mi sono messo a giocare a nomi e cognomi con quel mafioso del cazzo».

«Esatto. In certe cose meno si parla meglio è».

«Hai ragione, ma tu domani sparirai con i soldi, mentre io dovrò fare i conti con la furbizia e la diffidenza che hanno reso ricchi, temuti e potenti in tutto il mondo questi calabresi del cazzo. Se mi sgamano sono morto. Sto seminando *confusion*».

Ridacchiò. «*Disinformazia*. E sei riuscito a ingannare l'autista?».

«È confuso, non sa cosa pensare. Ed è già qualcosa, a partita appena iniziata».

Il resto del viaggio fu un monologo ininterrotto del calabrese che tentava di creare un contatto. Lo ascoltai con grande attenzione, cercando di dare un significato alle sfumature.

Si rivolgeva a me chiamandomi "grand'uomo". Era chiaramente disperato ma dimostrava di avere i coglioni. Comunque andasse, lui era quello destinato a pagare. Il prezzo poteva essere la morte o il ritorno al paesello. E questo lo sapeva bene, perché era evidente che era cresciuto a pane e 'ndrangheta ed era un soldato. Lo aveva dimostrato quando si era messo a disquisire sulla pistola che Hissène gli puntava addosso.

«Ehi, grand'uomo, fammi un po' capire: c'ho un negro con un ferro che da queste parti non ci dovrebbe proprio stare. Tu sei italiano e su questo non ci piove, ma mi sa che sei l'unico…».

Ruppi il silenzio. «Digli che se fosse vero quello che

dice allora saremmo costretti a eliminarlo». Hissène ripeté le mie parole.

Dalla bocca del calabrese uscì una risata amara. La conoscevo. Era quella dell'assassino che ha ammazzato troppe volte per non sapere di essere arrivato al capolinea. Mi domandai come mai non decidesse di schiantarsi insieme all'uomo che lo minacciava e mandare all'aria il nostro piano. Forse se ne voleva andare con stile, oppure un filo di speranza gli impediva di lasciarsi dominare dalla rabbia. No. Era solo un mafioso del cazzo privo di immaginazione. La procedura mafiosa non ammette colpi di testa non autorizzati preventivamente dal capobastone.

A una cinquantina di metri dalla sede della ditta di autonoleggio c'era un piccolo supermercato con un parcheggio deserto nel retro. Il negro gli disse di entrare e gli mostrò dove fermare la macchina.

«Spegni e consegnami le chiavi» ordinò.

L'uomo fece come gli era stato detto e una pallottola gli fece esplodere il fegato.

«Come nei film» commentò il russo dopo aver visto la fiammata illuminare l'abitacolo della Lexus per una frazione di secondo.

Scendemmo dal SUV e iniziammo a svuotare l'auto di ogni oggetto mentre il ciadiano si occupava degli effetti personali del morto. Sul sedile posteriore c'erano quattro borse uguali. Ne aprii una a caso. Banconote. Per un attimo mi venne la tentazione di estrarre la pistola ed eliminare i miei complici. Lo avevo già fatto una volta ed era stato facile. Purtroppo avevo ancora bisogno di loro. Alzai lo sguardo e incontrai quello di Michail. Mi teneva d'occhio. Gli sorrisi. Tanto valeva essere sinceri. «Confesso che ci ho pensato» sussurrai.

«Lo so. Ma non vale la pena scoprire chi è più veloce a estrarre e sparare. Si rischia di rimanere a terra tutti e due con un buco nella pancia».

«Saggezza cosacca?».

«Hollywood».

In tre minuti ripulimmo la Lexus, lasciando solo un cadavere con le tasche vuote. Un altro pezzettino di *confusion* per i Palamara. Controllai l'orologio. Eravamo in ritardo sulla tabella di marcia.

«Non superare i limiti di velocità ma cerca di recuperare» dissi a Michail.

Controllai il portafoglio del morto. Si chiamava Zosimo Terreti e aveva abbandonato la vita terrena all'età di quarantanove anni.

Telefonai a Nicoletta, che secondo il piano doveva trascorrere la serata con Gemma alla Nena per controllare Tortorelli. «Come va?».

«Ha ricevuto una telefonata ed è diventato nervoso. Continua a chiamare qualcuno che non risponde».

«Avvertimi se lascia il locale».

Riaccesi il cellulare del calabrese. Nel giro di pochissimo giunsero una valanga di messaggi da tre numeri nascosti. La rubrica era vuota e così la cartella dei messaggi inviati. Zosimo era un soldato disciplinato.

Anche il russo e il negro si erano comportati bene. A mano a mano che diminuivano i chilometri che ci dividevano dal Veneto e dalla città si avvicinava il momento critico per la nostra banda: la divisione del bottino. Allungai la mano e toccai il silenziatore incerottato alla mia gamba. La pistola aveva già il colpo in canna.

Squillò il mio cellulare. Era Nicoletta. «Stiamo uscendo. Siamo rimaste solo noi».

Calcolai i tempi. I camerieri dovevano fare le pulizie e tra una cosa e l'altra Tortorelli sarebbe stato costretto a rimanere alla Nena almeno un'altra ora. Nel mio piano originale avrei dovuto trovarmi da solo faccia a faccia con il ragioniere, dopo la spartizione e gli addii a casa di Nicoletta, ma non c'era più il tempo.

«C'è una variazione nel programma» annunciai. «Passiamo a prendere il contabile dopo la recita all'hotel. Ci aiuterà a fare i conti».

Michail e Hissène non batterono ciglio. Mi resi conto che ormai la tensione nel SUV si poteva tagliare a fette.

Michail parcheggiò a una trentina di metri dall'entrata del Negresco Palace, dove alloggiava il ragioniere. Passai una borsa blu a Hissène che saltò giù e sparì nella hall. Doveva avvicinarsi al portiere di notte e chiedere di Tortorelli. L'altro gli avrebbe detto che non era ancora tornato e il negro doveva mostrarsi contrariato e sganciarsi alla svelta. L'ennesimo rompicapo con cui i Palamara avrebbero dovuto fare i conti.

Appena il ciadiano risalì in auto inviai a Tortorelli un messaggio col telefonino di Zosimo Terreti: "Appuntamento confermato".

«Pensi che abboccherà?» chiese il russo.

«Non lo so» risposi. Dipendeva da quanto lo stronzo avesse assimilato la cultura della 'ndrina. Quello che avevamo ammazzato a Milano non ci sarebbe cascato, ma il ragioniere era diverso. Era un tecnico, come lui stesso si era definito, una di quelle figure necessarie alla modernizzazione della mafia ma che le organizzazioni non avevano fatto ancora in tempo a far crescere al loro interno. Probabilmente il contatto era avvenuto tramite l'usura, gli avevano portato via l'aziendina e si era ritrovato a lavorare per i calabresi.

Quando entrammo in piazza Vittoria di Lepanto era già lì ad attendere il suo compare Zosimo. Con lo sguardo cercava una Lexus grigio metallizzata, si accorse del SUV solo quando si fermò al suo fianco. Aprii la portiera.

«Sali» dissi mostrandogli la borsa blu. «Ti accompagniamo in hotel».

«E tu che c'entri?».

«Adesso te lo spiego».

Spostò lo sguardo verso i sedili anteriori e osservò Michail e Hissène. Scosse la testa convinto. «Io non salgo».

«E io ti ammazzo» lo minacciai puntandogli la pistola.

«Ma hai idea di chi sono i Palamara?» biascicò spaventato.

«Proprio per questo è meglio che sali».

Gli tremavano le gambe e dovetti aiutarlo a montare. La sua faccia da anni Ottanta era deformata da una smorfia di terrore.

«Cos'è successo al signor Terreti?».

«Una crisi di saturnismo» risposi. «Non è potuto venire».

Intervenne Michail, che non aveva capito cosa avevo detto. Glielo spiegai: «Un'intossicazione da piombo».

Il russo e il negro scoppiarono a ridere. Il ragioniere mi prese una mano. Delicatamente. Come se fosse quella del parroco. «Tu non sai come sono fatti. Ho dovuto separarmi dalla famiglia per salvare mia moglie e i miei figli».

«E sei venuto a rompere i coglioni al sottoscritto che non ti aveva fatto nulla di male?».

«Obbedivo agli ordini».

«Cazzate! Avevano deciso di farmi fuori, vero?».

«Un incidente» ammise. «Subito dopo la cessione della Nena».

«E tu continuavi a trattarmi di merda nonostante sapessi che sarei stato ammazzato?».

«Ma sei così antipatico che mi è venuto naturale» rispose con candore.

Non potevo credere alle mie orecchie. Gli appoggiai una mano sulla spalla. «D'accordo, Tortorelli. Ora stai buono e zitto. Abbiamo un po' di strada da fare».

Il SUV abbandonò la città, percorse un tratto di statale, poi iniziò a inerpicarsi sui fianchi di dolci colline. Michail sapeva esattamente dove andare e dopo una quarantina di minuti imboccò uno sterrato. I potenti fari del mezzo illuminarono ordinati filari di viti.

«Dove siamo?» chiese il ragioniere.

«Qui è tutto di Brianese» risposi. «Più a valle si sta facendo costruire una villa faraonica».

Il russo spense il motore ma non le luci. «Siamo arrivati» annunciò.

Spinsi Tortorelli fuori dal SUV e lo circondai con un braccio. «Pensa che fortuna. Tu che ami così tanto il vino trascorrerai l'eternità in mezzo all'uva».

Crollò sulle ginocchia. Dallo zainetto estrassi una champagnotta *prestige cuvée*. «Te la ricordi?» chiesi. «Te ne sei bevuta una alla mia salute».

«Non farla lunga» mi ammonì il russo.

Aguzzai l'udito e udii il latrare di un cane. Non era vicino, ma nel giro di poco tempo anche gli altri si sarebbero uniti in un bel coro.

«Hai ragione. Ma non hai idea di quanto questo stronzo mi abbia fatto penare».

Il ragioniere iniziò a frignare e lo colpii alla testa. Si accasciò a terra alla quarta bottigliata.

«È morto?» chiese Michail.

«Non ne ho idea. Seppelliamolo e nel caso lo finisco con un paio di badilate».

Trascinammo il corpo lungo un pendio per qualche decina di metri. «Qui va bene» disse il cosacco.

«La ragazza dov'è?».

«Esattamente a fianco».

Mi complimentai con me stesso per la lungimiranza e la genialità dell'idea quando avevo ordinato di seppellire Isabel nella tenuta di Brianese. Un giorno sarebbe potuta diventare una seria fonte d'imbarazzo per l'avvocato. Soprattutto ora che stava diventando un piccolo cimitero.

Iniziai a scavare. Il ciadiano s'infilò una sigaretta tra le labbra ma quando fece scattare l'accendino il russo lo fermò. «Non vedi che è tutto il giorno che non fumo? Si lascia il DNA sulle cicche e si facilita il lavoro ai poliziotti».

Il negro bofonchiò delle scuse e rinunciò alla fumatina.

«Non ce la faccio più» annunciai lasciando cadere la pala. «Hissène, sostituiscimi».

Si chinò ad afferrare la vanga e proseguì il lavoro. Mi sedetti al buio e mi asciugai il viso con la manica della giacca. «Comincia a fare caldo» buttai lì. Non era poi così vero, ma avevo bisogno di coprire il rumore del nastro adesivo che si staccava dalla mia gamba liberando il silenziatore. Conversando con Michail sulla scomparsa della primavera e dell'autunno a causa del surriscaldamento globale riuscii ad avvitare il tubo alla pistola, a togliere la sicura e a sparare due colpi al negro. Lo colpii alla schiena. Non era morto e ansimava forte, tentando di articolare qualche parola.

Agitai la pistola per liberare il silenziatore dai gas. Mi avvicinai e gli tirai un colpo dietro l'orecchio.

«Scommetto che mi stai puntando addosso la pistola» mormorai al russo che mi stava alle spalle.

«Per pura precauzione, amico mio. Non mi dispiacereb-be tirare il grilletto, ma la mia pistola farebbe troppo rumo-re e ci sono solo due strade per lasciare la zona».

«Dovremo trovare una soluzione. Comincio a stressarmi».

«Buttiamo via le armi e ci perquisiamo a vicenda prima della divisione dei soldi».

«Mi sembra una buona proposta».

Appoggiai a terra la pistola silenziata e ricominciai a sca-vare. Un metro abbondante per una doppia tomba. Torto-relli sotto, abbracciato alla bottiglia di champagne che lo aveva ucciso, e il negro sopra. Spargemmo un chilo di pepe e ricoprimmo la fossa di terra.

Tornando verso la città ci fermammo all'altezza di un'an-sa del fiume e ci liberammo delle armi e dei cellulari usati durante la rapina. Ci perquisimmo a vicenda con scrupo-lo, poi pretesi di passare al setaccio il SUV. Buttai in acqua ogni oggetto tagliente o contundente.

«Bene» dissi soddisfatto. «Ora ti do la tua parte».

«Quella del negro e anche qualcosa in più» puntualiz-zò. «Non era previsto che dovessi occuparmi anche di Tortorelli».

Ogni borsa conteneva duecentocinquantamila euro. Per quattro faceva un milione. La 'ndrina di stanza in Lom-bardia di cui facevano parte i Palamara, sotto pressione per un'indagine degli sbirri, riciclava quattro milioni al mese in Veneto. Non male.

Lasciai il russo a un incrocio in periferia. Dallo spec-chietto vidi che liberava una bicicletta dalla catena che la teneva assicurata a una cancellata e si allontanava con quat-trocentomila euro stipati in una borsa. Non mi sentivo tran-quillo che fosse ancora vivo, non tanto per i soldi, comun-que una bella somma, ma perché non si poteva mai sapere. La gente ha il vizio di fare cazzate o peggio di tornare dal passato, e magari ripresentarsi dopo anni a chiedere un favore. Michail era un osso duro e l'unico modo di farlo secco sarebbe stato un conflitto a fuoco a distanza ravvicinata ma l'esperienza, fin dai tempi di Johnny Ringo, insegnava che le probabilità di beccarsi una pallottola sono altissime.

Andai dritto a casa di Nicoletta e parcheggiai nel cortile. L'alba era arrivata da un pezzo e volevo tentare di arrivare alla Nena a un orario decente. Sigaretta accesa, alito che sapeva di alcol, viso segnato dalla stanchezza e dalla tensione, Nicoletta sembrava invecchiata di colpo.

Indicò i vestiti e le scarpe sporche di terra. «Giardinaggio notturno?».

Tirai fuori da una borsa centomila euro e li sbattei sul tavolo. «Oggi stesso chiami uno svuotacantine e liberi la casa. Hai quarantotto ore per lasciare la città».

«Non ti preoccupare» disse allungando la mano sui soldi. «È già tutto organizzato».

«Bene. Ora torna in camera. Io ho da fare».

Si alzò.

«Chiudi la porta quando esci».

Mi cambiai ed esaminai ogni carta e oggetto che avevamo portato via dalla Lexus e dalle tasche del calabrese. Nulla che mi potesse essere utile per affrontare la seconda parte del piano. Quella più difficile, in cui era la 'ndrina a indagare e io sarei stato uno dei principali sospettati. Impacchettai tutto e infilai i rimanenti cinquecentomila euro nello zaino. Infine preparai una miscela di pasticche per la gola a base di clorato di potassio e zucchero a velo e la misi in un contenitore di plastica. Feci un buco sul tappo e vi infilai una sigaretta a cui avevo tolto il filtro. La posai sotto il sedile del SUV, dove il russo aveva già piazzato una tanica di benzina da cinque litri. Avevo imparato a costruire bombe rudimentali negli anni Settanta, quando mi ero convinto di essere un rivoluzionario, e me la cavavo ancora bene.

Mescolato al traffico mattutino portai il fuoristrada dall'altra parte della città, vicino a una fabbrica abbandonata che era stata occupata dai giovani di un centro sociale, odiato dall'amministrazione comunale e dalla polizia. Accesi la sigaretta e mi allontanai con lo zaino in spalla, cappellino e occhiali da sole. In tre minuti esatti raggiunsi il capolinea di un autobus che sarebbe partito prima che si innescasse l'ordigno. Scesi alla fermata della stazione ferroviaria, salii su un taxi e mi feci portare alla mia auto.

Al primo semaforo rosso chiamai Martina.

Rispose immediatamente. «Ciao amore, come va?».

Mi voltai a guardare il mezzo milione di euro appoggiato sul sedile posteriore. «Benissimo. E tuo padre? Come procedono le cure?» domandai fingendo un partecipato interesse.

Sentivo la mancanza di mia moglie. Avevo bisogno di fare sesso a lungo. Avevo rapinato e ucciso. Il crimine creativo mi faceva venire una voglia pazzesca di vivere e godere. Non riuscii a trattenermi e telefonai a Gemma.

«Ciao, Re di cuori» sussurrò. «Sono al lavoro e non posso parlare delle cose turpi che mi fai fare».

«Peccato. Mi avrebbe aiutato ad aspettare fino a stasera».

«Hai brutte intenzioni, Re di cuori?».

«Pessime».

Alla Nena chiesi a tutti se avevano visto Tortorelli. Recitai la parte dello stupito fino a quando fu chiaro al mondo intero che lo ero. Perquisii ogni cassetto in cui il ragioniere aveva ficcato le mani. Come sospettavo non trovai nulla che mi potesse facilitare le cose. Finalmente potei tornare a occuparmi del mio locale. Il primo provvedimento fu di cacciare un venditore di scimmiette che si illuminavano e facevano le capriole.

«Vai fuori dai coglioni» dissi a voce alta, raccogliendo l'immediato plauso di parecchi clienti.

Ordinai al cameriere più giovane di andare a cercare Din Don per dirgli di tornare a lavorare.

Dopo pranzo avvertii il fido Piero che sarei ripassato a metà pomeriggio e di chiamarmi se fosse riapparso il ragioniere.

«Ha un appuntamento?» domandò la segretaria.

«No».

«Ma lei chi è? Un fornitore, un cliente, un rappresentante…».

«Un caro amico del marito della signora Marenzi».

«Come ha detto che si chiama?».

«Pellegrini. Giorgio Pellegrini».

La segretaria abbandonò la sua scrivania piazzata all'entrata dell'enorme open space e si mise a cercarla. Mi avevano detto che la moglie di Brianese continuava a dirigere l'azienda di moda che aveva creato per non annoiarsi, invece da quello che potevo vedere si trattava di una delle solite dicerie frutto dell'invidia di provincia. Ovunque giovani impegnati a discutere, disegnare, creare. I capi venivano prodotti in Cina, ma era evidente che la signora fosse un'imprenditrice del Nordest vecchio stampo. Meglio. Avremmo avuto meno problemi a intenderci.

La segretaria tornò trafelata e mi porse un cordless.

«So chi è lei, signor Pellegrini» attaccò aggressiva. «E

non mi risulta che sia amico di Sante. Anzi, mi è sembrato di capire che mio marito non frequenta più il suo locale».

«Abbiamo qualche divergenza al momento, è vero. Come è vero che non mi onora più con la sua presenza» ammisi in tono conciliante. «Ma lei non sa chi sono. Mi creda se le dico che si sbaglia di grosso».

«Se ne vada».

«Come vuole, ma la merce che possiedo ha un mercato globale».

Sbuffò. «Non penserà di spillarmi quattrini con qualche scandaletto locale?».

«Non ci penso proprio. Ma qui non si tratta di qualche schizzetto di fango che si pulisce negando l'evidenza come fanno i colleghi di suo marito».

«Perché non si rivolge direttamente a lui?».

«Perché quello che voglio può darmelo solo lei».

Riattaccò e dopo un paio di minuti sbucò dal reparto creativo. Doveva avere almeno una sessantina d'anni ma ne dimostrava dieci di meno e da giovane doveva essere stata uno schianto. Mi fece segno di seguirla nel suo ufficio. Era strapieno di oggetti, stoffe e modelli. Mi indicò una poltroncina di fronte alla scrivania.

«Noi comuni mortali che campiamo lavorando e non ricattando il prossimo abbiamo solitamente i minuti contati».

Le spiegai qual era la posta in gioco e cosa volevo da lei. Aveva un modo molto particolare di passarsi le dita sul viso mentre rifletteva.

«Da un lato potrei chiederle: "Tutto qui?" e mi libererei della sua presenza, ma la faccenda diventerebbe ingestibile se diventasse di dominio pubblico».

«Non accadrà. Non conviene a nessuno» la rassicurai.

«D'accordo, allora. Accetto le sue condizioni».

Mi alzai e tirai fuori dalla tasca della giacca un mazzo di chiavi che posai di fronte a lei.

Lo prese con due dita come se l'avesse trovato nel letame e lo fece cadere in un cassetto. «Mi ha rovinato la giornata, signor Pellegrini».

Una vera signora. Girai sui tacchi e me ne andai.

CAPITOLO SESTO
Ombretta

Arrivarono il mercoledì mattina. Due giorni dopo la scomparsa di Tortorelli, di Terreti e di un milione di euro. Li riconobbi subito. Uno dei due era il tizio della Punto bianca che avevamo gabbato nell'area di servizio. L'altro era un personaggio con la faccia da contadino e l'aria cattiva. Si fecero vedere a colazione, pranzo e cena senza scordare gli aperitivi. Stavano in silenzio, osservavano, ascoltavano. Apparentemente ero l'unico a non essere oggetto della loro attenzione. All'inizio i camerieri li avevano confusi per sbirri, poi avevano capito che stavano dall'altra parte e ne avevano rimosso la presenza. Quando andavo a prendere le ordinazioni al loro tavolo mantenevano gli occhi fissi sul menu.

Il venerdì iniziarono a pedinarmi. Il lunedì seguente scomparvero. Sembrava non fossero mai esistiti. Riapparvero solo la notte. A casa di Gemma.

Fu il tizio della Punto ad aprirmi. Finsi sorpresa e paura e lui con un gesto annoiato del capo m'intimò di entrare.

In salotto trovai ad attendermi Giuseppe e Nilo Palamara. Quello con la faccia da campagnolo doveva essere con Gemma in un'altra stanza. Continuai la recita.

«Cosa ci fate qui? E dov'è la mia amica?».

«Siediti» ordinò Nilo.

Obbedii. Non feci fatica a mostrare tutta la strizza che mi avvinghiava le budella. I due Palamara mi osservarono a lungo con occhiate scontatamente minacciose. Poi Nilo si portò alle mie spalle. Mossa da sbirro, segno che stava per iniziare l'interrogatorio. Infatti Giuseppe ruppe il silenzio.

«C'è una certa faccenda che è capitata e che presa da sotto, da sopra, da destra, da sinistra... porta sempre e solo a te».

«Non so di cosa stia parlando».

Nilo mi tirò uno scappellotto. «Zio non ha ancora finito».

«Mi scusi» mi affrettai a dire.

«C'è qualcuno che ha messo in piedi un teatrino con gente che appare e scompare fatto apposta per prenderci per il culo. Ci stava perfino un negro con la cravatta».

«Un negro?».

Nilo mi afferrò per i capelli e mi fece male. «Sì, un negro» mi alitò sul viso. «Un amico tuo».

«Vi state sbagliando».

Lo zio agitò l'indice. «No. In questo teatrino ci sei dentro fino al collo» disse. «Magari non sei il regista perché sei troppo fesso, ma senz'altro ci hai recitato. E ti dimostro il perché».

Alzò il pollice: «Lunedì non sei andato al lavoro».

Poi fu la volta dell'indice: «Il ragionier Tortorelli è scomparso proprio quella sera».

Infine toccò al medio: «Martedì mattina un fuoristrada è stato bruciato come si fa quando non deve rimanerne traccia perché è stato usato per fare qualcosa di brutto».

«Tortorelli, un SUV... Signor Palamara, si spieghi meglio perché non vi capisco».

Nilo mi colpì ancora. Più forte e con più cattiveria. «Non farci perdere tempo con 'sto giochetto di farti raccontare quello che già sai».

Giuseppe alzò una mano per fermare il nipote. «Ascolta Pellegrini, di là in cucina, legata come un salame, ci sta la tua amica. E i salami si tagliano a fette. Mi sono spiegato?».

«Ma siete pazzi? Lei non c'entra nulla e nemmeno io, lasciateci stare».

Palamara ridacchiò. «Scommetto che lunedì sera stavi con lei».

«No. Ero con una donna ma non era Gemma».

«E chi era?».

«Non posso dirlo. È una signora sposata, se il marito lo viene a sapere succede un casino».

«Dicono tutti così» biascicò deluso. Si rivolse al nipote. «Vai a dire al nostro amico di iniziare dal naso».

«E va bene» quasi gridai. «Ero con la moglie di Brianese».

Calò un silenzio di ghiaccio. Giuseppe mi guardava e pensava. Io mi agitavo sulla sedia e borbottavo frasi sconnesse come un uomo terrorizzato ma innocente. Non avevo più paura, anzi l'andrenalina della vittoria mi friggeva nelle vene. Quei mafiosi del cazzo mi avevano sottovalutato e avevano sbagliato tutto adottando una procedura standard.

«Ma è vecchia» commentò dopo un po'. «Sei uno malato, Pellegrini? Che non scopa come tutti gli altri cristiani?».

«Non dimostra l'età che ha» mi giustificai. «E fa l'amore come una ventenne».

«E dove vi siete incontrati?».

Fornii prontamente l'indirizzo del residence dove c'era il nido d'amore di Ylenia e dell'avvocato.

«E fino a che ora sareste rimasti insieme?».

«Io sono andato via la mattina alle otto. Ombretta credo una mezz'ora dopo».

Zio e nipote si scambiarono un'occhiata. Giuseppe prese il cellulare e si spostò nella camera da letto. «Caro Sante, scusa l'ora...» sentii dire prima che chiudesse la porta.

Un quarto d'ora più tardi stavamo attraversando la città diretti a casa dell'avvocato. Io, dietro, stretto tra i due scagnozzi, i Palamara, davanti, mormoravano in dialetto stretto.

Brianese era pallido e preoccupato quando ci fece entrare. «Ma che succede? A quest'ora, a casa mia...». Poi mi vide e s'irrigidì. «E lui che ci fa qui?».

Giuseppe gli strinse un braccio per attirare la sua attenzione. «Dobbiamo parlare con la tua signora, falla venire giù».

«Non se ne parla proprio» sibilò. «Venite domani mattina nel mio studio e mi spiegate tutto con calma, ma Ombretta ne rimane fuori».

Palamara strinse ancora più forte e l'avvocato cercò inutilmente di divincolarsi. «È una questione importante per noi» spiegò Giuseppe. «Importante e urgente. Chiamala. Altrimenti sarò costretto a mandare su uno dei miei ragazzi e lei si prenderà un brutto spavento a trovarsi di fronte uno sconosciuto».

Brianese capì che in quel momento il fatto che lui fosse un avvocato importante nonché un onorevole della Repubblica e che quella fosse casa sua contava meno di nulla perché ai calabresi non gliene fotteva un cazzo. Volevano una cosa e l'avrebbero ottenuta.

«Aspettate un attimo» disse avviandosi verso le scale con le spalle curve dello sconfitto.

Dopo qualche minuto Ombretta Marenzi in Brianese scese le scale con passo deciso seguita dal marito. Indossava un'elegantissima vestaglia di seta viola e ai piedi portava babbucce friulane di velluto dello stesso colore.

Spiazzò tutti stringendo la mano a ognuno e presentandosi. Quando fu il mio turno mi accarezzò una guancia con un gesto fuggevole. «Ciao Giorgio».

«Lo conosci?» domandò l'avvocato balbettando.

Giuseppe Palamara lo interruppe andando dritto al punto. «Mi scusi, signora, ma devo assolutamente sapere se ha trascorso la notte di lunedì insieme a Giorgio Pellegrini».

«La risposta è no» s'intromise Brianese sempre più allibito. «Ora ve ne potete andare».

«Lo ha chiesto a lei» lo zittì Nilo.

«Mi faccia capire bene» attaccò Ombretta come se stesse rampognando un posteggiatore. «Vi presentate a casa mia alle quattro del mattino e pretendete di conoscere particolari intimi della mia vita privata? Ma chi credete di essere? Dubito che apparteniate alle forze dell'ordine perché non ne avete proprio l'aspetto e poi, anche se siamo in Italia e non c'è più rispetto per la vita privata delle persone, perfino loro avrebbero modi più consoni per chiedere cose così delicate...».

«Rispondi, cazzo!» gridò il marito esasperato.

La signora Marenzi guardò dritto in faccia Giuseppe Palamara. «Sì, siamo stati insieme fino alle otto del mattino. Ci incontriamo in un residence in via Martiri delle foibe numero 8. Anzi, ci incontravamo, dato che dopo questa improvvisata il buon gusto impone di troncare questa relazione».

Si voltò, prese la borsa da una poltroncina ed estrasse un mazzo di chiavi che consegnò al calabrese. «Non faccia caso all'arredamento di pessimo gusto, ma è adeguato all'uso dell'appartamento» disse prima di voltarsi e imboccare le scale.

Sbirciai Brianese. Era impietrito. Il ritratto di un uomo distrutto. E la sua reazione era così sincera che non sfuggì ai calabresi. Anche se eravamo stati degli attori eccellenti, sia la signora che il sottoscritto potevamo alimentare il sospetto di essere in combutta. Ma l'avvocato no. Era il ritratto della sincerità.

Palamara gli restituì le chiavi e si avviò verso la porta. Furono così gentili da riaccompagnarmi sotto casa di Gemma. Giuseppe si voltò di scatto. «Eppure tu qualcosa c'entri».

Non era quello che mi aspettavo di sentire. Avrebbe rimuginato su quel sospetto all'infinito e se non avesse trovato una verità alternativa sarebbe tornato alla carica. Con i calabresi non era ancora finita, ma non ero preoccupato. Avevo fiducia nelle risorse del crimine creativo.

Gemma era distesa e legata al tavolo della cucina. Le tolsi la benda e il bavaglio.

«Re di cuori» balbettò. «Non mi piace questo gioco».

La baciai sulle labbra e cominciai a spogliarmi. «Adesso continuo io, bambina, vedrai che ti farà impazzire».

Squillò il cellulare mentre le sfilavo le mutandine. Era Brianese. «Vieni domani mattina nel mio studio».

«No. La saletta è più sicura e poi è un po' che non si fa vedere alla Nena. L'aspetto per l'aperitivo».

«Mi vuoi umiliare fino alla fine, eh?».

«Sì» e riattaccai.

Alla fine di un giorno noioso, l'avvocato nonché onorevole Sante Brianese entrò nel mio locale con il suo solito passo deciso. Si comportò da attore consumato e sembrava l'uomo più felice del mondo. Strinse mani e distribuì pacche sulle spalle, snocciolando battute, aneddoti e barzellette. Alla fine entrò nella saletta e io lo seguii con un vassoio di affettati e sottaceti e una bottiglia di bianco, come piaceva a lui.

Bevve e mangiò in modo disordinato, come faceva quando non riusciva a controllare lo stress. Ogni tanto ci scambiavamo occhiate. Non sapeva bene come cominciare e cosa dire. Gli eventi lo avevano travolto. Ogni limite era stato superato. Il bello era che ignorava ancora un sacco di cose, come il tradimento di Ylenia.

Decisi di rovesciare le parti. «È brutto trovarsi la 'ndrangheta in casa, eh avvocato?» dissi. «Una volta che sono entrati è difficile cacciarli. Bisogna usare la testa e non guardare in faccia a nessuno».

«Hai messo in mezzo mia moglie, figlio di puttana» sibilò furente. «Io non so cosa sia successo, ma se credi di fare fesso Giuseppe Palamara sei un povero illuso».

Lo afferrai per il bavero della giacca e avvicinai la bocca al suo orecchio. «Io non ho fatto niente ma se, per ipotesi, avessi veramente fatto sparire il ragionier Tortorelli mi sarei premurato di seppellirlo nella sua tenuta, avvocato. Così potrei confessare a quello stronzo di Giuseppe di aver obbedito ai suoi ordini. Non servirebbe a salvarmi la vita, ma anche la sua e quella di sua moglie e delle sue figlie non varrebbero più un cazzo».

Lo lasciai andare. Balzò in piedi. «Ma cosa sei? Sei un mostro».

Mi offesi e gli tirai uno schiaffo non forte ma terribilmente umiliante per un pezzo grosso come lui. «Sono il più cattivo di tutti, avvocato. Per fortuna che sono suo amico».

«Cosa vuoi?».

Lo afferrai per le spalle e delicatamente lo feci accomodare sulla sedia. «I calabresi fuori dai coglioni una volta per tutte. La Nena, poi, ritornerà a essere il suo locale preferito e mi restituirà i due milioni e duecentocinquantamila euro che mi deve. Anche a rate. Non ho fretta».

Gli versai da bere e lui tracannò il vino d'un fiato. Sospirò. «Non so come fare con i Palamara. C'è di mezzo un collega onorevole e altri dirigenti del partito in Lombardia...».

«Non si preoccupi. I mafiosi non fanno mai i nomi dei politici, almeno fino a quando non si pentono» dissi sgranocchiando un grissino. «La posso indirizzare a un vicequestore che è infognato con un giro di puttane. Potrebbe girare certe informazioni ai colleghi di Milano... lui ci guadagnerebbe una bella figura e lei non apparirebbe».

Si alzò. «D'accordo. Come si chiama?».

Glielo dissi. Si pulì per bene la bocca con il tovagliolo e la riempì di mentine che iniziò a succhiare con fare pensoso. «Come hai fatto ad arrivare al residence e a procurarti la copia delle chiavi?» chiese all'improvviso.

Mi esibii in un'espressione di puro stupore. «Ma non sono stato io. È stata sua moglie».

«Io non ci credo che sei andato a letto con Ombretta».

«La signora cosa dice?».

«Che è vero» rispose sfidandomi con lo sguardo.

Gran donna la signora Marenzi. «E lo è, avvocato. Lei è proprio un gran cornuto» dissi in tono scherzoso, imitando la voce del premier.

Mi incenerì con lo sguardo. Allargai le braccia in un gesto di scuse. «Si ricorda quando, proprio qui in saletta, dopo avermi venduto ai Palamara mi disse: "Giorgio, non sai quanto sono felice in questo momento"?» domandai in tono esageratamente contrito. «Beh, adesso è il mio turno e quindi non si offenda se mi permetto una battuta».

Gli rassettai il bavero della giacca e lo accompagnai alla porta. Gran cornuto e pezzo di merda. Gli avevo appena detto che aveva un cadavere che gli concimava la campagna e lui era preoccupato del fatto che gli avessi o meno scopato la moglie. La cosa mi fece riflettere e non dovetti sforzarmi per capire che con il mio amico Sante non avevo affatto terminato.

Gli scagnozzi di Palamara continuarono a farsi vedere al locale. Ogni tanto venivano a pranzare o a bersi un bicchiere. Li trattavo sempre con squisita e timorosa cortesia, inviando puntualmente i saluti al signor Giuseppe e al signor Nilo. Il problema fu Gemma, che una sera li riconobbe e le venne una mezza crisi isterica, così fui costretto a riportarla a casa e a farle ingurgitare una tripla dose di benzodiazepina.

Un giorno venne Giuseppe in persona. Mangiò di buon appetito e mi invitò ad aiutarlo a finire la bottiglia di Solaia del 2006. «Hai rimesso in piedi il giro di puttane?» chiese dopo aver fatto i complimenti al cuoco.

«No, e non lo farò».

«Ma le ragazze chi te le procurava?».

Mi aspettavo questa domanda da un pezzo. «Erano escort. Come sa bene, c'è solo l'imbarazzo della scelta».

Mi rivolse un sorriso di rimprovero. «Mi stai rifilando una cazzata».

«È vero» ammisi. «Ma io non c'entro nulla con i vostri casini. Se non si è ancora convinto significa solo che ha tempo da perdere».

Ficcò il naso nel bicchiere fingendo di inebriarsi dei profumi di quel rosso corposo. «Non è una buona idea parlarmi in questo modo».

«Non sono stato io a portare qui Tortorelli e se è sparito con i soldi di certo non l'ho aiutato io».

«È questo che credi?».

«È l'idea che mi sono fatto con i pochi elementi che ho in mano».

«Il ragioniere non se ne sarebbe mai andato di sua volontà, Pellegrini. Qualcuno lo ha aiutato» ribatté sicuro.

«E perché dovrei essere stato io?».

Si toccò il naso. «Perché tu puzzi».

«E che odore è?».

«Dolce. Come quello dei fiori e dei morti».

«Grazie del bicchiere di vino e della conversazione, signor Palamara. Ma ora devo tornare dai miei clienti».

«Vai, vai pure. Tanto ci rivediamo».

Uscì senza pagare come se La Nena fosse ancora roba sua. Era venuto a dirmi che aveva capito che avevo organizzato la banda e il colpo con le persone che mi procuravano le puttane. Ci era arrivato per esclusione e ora non aveva più dubbi. Ancora un po' di tempo e sarebbe arrivato a identificare Michail Šolokov, ma ci avrebbe messo anche meno ad arrivare a Nicoletta. Provai a chiamarla per avvertirla ma il numero risultava inattivo. D'altronde ero stato proprio io a intimarle di sparire.

Mi lamentai con Brianese dell'insistenza del boss calabrese, ma non mi fu di nessun aiuto. Da quanto ne sapeva l'indagine andava a rilento e sarebbero stati necessari ancora diversi mesi prima che i giudici firmassero i mandati di cattura.

L'avvocato dimostrò di aver capito la lezione e si adoperò in tutti i modi per riportare la vecchia clientela alla Nena. Arrivava con Ylenia e Nicola, il portaborse, e tutto sembrava essere ritornato come prima.

Decisi di far tornare Martina. Le condizioni di salute del padre non erano migliorate, ma era stata comunque un'esperienza utile sotto molti punti di vista e aveva alleggerito la situazione delle sorelle per un periodo sufficiente.

La notte prima feci un discorso chiaro a Gemma. «Martina è mia moglie e tu sei un'amante sostituibile nel giro di cinque minuti».

«Sarò bravissima, Re di cuori» promise con una vocetta da bimba.

Più tardi, mentre stavo seguendo una puntata di *Justified*, la mia serie preferita, giocherellando distrattamente con le tette di Gemma le chiesi se avesse notizie di Nicoletta. Mi rispose che non la vedeva e non la sentiva da un po'.

La mattina seguente passai davanti alla villetta della mia ex socia. La porta e le finestre erano spalancate e due tizi stavano dipingendo le pareti dell'entrata. Mi fermai e chiesi se la casa era in vendita. Erano stranieri e avevano poca voglia di parlare. Tirai fuori venti euro in cambio del numero di telefono del loro datore di lavoro. In autentico dialetto veneto il tizio m'informò che la casa era già stata venduta e di essere stato assunto dal nuovo proprietario.

Organizzai una festicciola alla Nena per il ritorno del mio amore con tanto di musica dal vivo, chiamando un duo voce e chitarra specializzato in cover di brani di Lucio Battisti.

Martina arrivò direttamente dalla stazione e quando entrò i musicisti attaccarono *Un uomo che ti ama*.

Ah! Donna tu sei mia
e quando dico mia
dico che non vai più via
è meglio che rimani qui
a far l'amore insieme a me!

Duecento euro spesi bene. Lei si commosse, mi corse incontro e mi abbracciò davanti ai clienti, che applaudirono con sufficiente partecipazione per meritare un giro di prosecco offerto dalla casa.

Avevo un sacco di lavoro e non potei dedicarle che qualche minuto, ma Gemma si prese cura di lei mettendola a suo agio. Mi ero raccomandato di sommergerla di domande sull'esperienza in Germania, in modo che fosse già stanca di parlarne quando sarei tornato a casa.

Si fece trovare in bagno pronta per il rito delle creme, che mi era particolarmente mancato in quel periodo. Cominciò a toccarsi ma smise subito. «Continua tu, ti prego».

La raggiunsi e l'accontentai. Poi la presi per mano e la portai a letto, dove facemmo l'amore a lungo e ci addormentammo abbracciati.

Dopo la colazione mi parlò per mezz'ora esatta di suo padre, della clinica e della sua vita a Lahnstein con la madre. Notai che era brava a raccontare, sapeva mettere a proprio agio chi ascoltava.

Rovinò tutto mentre stavo uscendo. «Non hai quasi mai dormito a casa».

«E allora?».

«Quando ero lì da sola lo sentivo che stavi con un'altra».

Le afferrai il mento. «Non ho voglia di parlarne. È stato un periodo difficile».

«Lo è da un po', Giorgio».

«Infatti stanotte avrò bisogno della tua dedizione. Posso contarci?».

«Come sempre».

Secondo i miei calcoli Brianese doveva trovarsi a Roma e ne ebbi la conferma quando vidi Ylenia entrare da sola. Non aveva nessuna voglia di prendere l'aperitivo alla Nena ma non poteva sottrarsi. Quando la salutai con il solito bacio sulla guancia le dissi di raggiungermi in saletta.

«Ho bisogno di parlare urgentemente con Nicoletta Rizzardi per avvertirla di una certa situazione…».

«Hai perso il suo numero?».

«Risulta inattivo e lei è fuori città. Prova con il fratello».

«Tutto qui?».

Non avevo bisogno di altro, ma era così stronza che era sempre necessario ricordarle che io ero l'ultima persona che poteva permettersi di trattare con scarso rispetto.

«No» risposi sgarbato. «Avete già trasferito il nido d'amore?».

«Lo faremo presto».

«A Ombretta non è piaciuto l'arredamento».

«L'ho saputo».

«E vuoi sapere un'altra cosa, Ylenia? Tu non vali un decimo della moglie».

«È talmente una gran donna che riesce in tutto, ma non a far felice un uomo. Io, invece, sono bravissima».

«Queste stronzate te le ha messe in testa lui, vero?».

Non mi diede retta. Aveva altro da dirmi. «Io ti odierò tutta la vita per quello che ci hai fatto».

«L'odio è una brutta bestia, tienilo sotto controllo, fa compiere atti di cui poi ci si pente» consigliai in tono neutro. «Il sesso è la terapia migliore». E mi accanii sui gusti dell'avvocato che mi aveva improvvidamente confidato. Quando il pianto minacciò di rovinarle il trucco la lasciai andare.

Tornato al banco notai uno scagnozzo dei calabresi che si beveva un Campari. Giuseppe Palamara non mollava l'osso. Presi il cellulare e chiamai Roby De Palma.

«È un pezzo che non ti si vede» dissi. I rumori di sottofondo indicavano che si trovava in un locale affollato. «So che ormai hai messo radici da Alfio, dove si nutrono i padanos, ma ti ricordo che qui si mangia meglio».

«Nostalgia o lavoro?» chiese in tono pratico.

«Entrambi. Con la prima si vince una cena, con la seconda banconote fruscianti».

Avvertii una certa esitazione e mi affrettai ad aggiungere. «Nulla di strano o coinvolgente. Pura routine».

Si rilassò. «Hai un tavolo libero?».

«Per te sempre».

Il tempo di uscire da Alfio e attraversare un paio di piazze del centro e l'investigatore arrivò alla Nena. Scherzosamente alcuni clienti lo trattarono da traditore e lui rispose sfottendoli per la sonora sconfitta elettorale e per le estrose e divertenti intemperanze del capo del governo.

Lo feci abbuffare e bere come un principe fino al dessert. Poi mi sedetti al suo tavolo. Indicò quello dove sedevano Martina e Gemma.

«Maretta in famiglia?» domandò. «Non l'hai mai guardata da quando è arrivata».

Sbuffai. «La amo da impazzire ma è una grande rompicoglioni».

«Come tutte le donne» tagliò corto e passò a un altro argomento. «Ottima cena, che però non ti farà ottenere nessuno sconto. Cosa ti serve?».

Pronunciai un nome. E null'altro.

«Per fortuna che si trattava di routine» commentò preoccupato.

«E lo è. Basta che mi trovi un contatto per trasmettergli un messaggio in assoluta sicurezza. Non c'entra la politica e nemmeno l'Italia. Si tratta di affari all'estero di cui mi becco una percentuale».

Sentì odore di quattrini e diminuirono gli scrupoli.

«Quanto mi offri? Per una storia del genere non posso andare a tariffa».

«Diecimila».

Mi porse la mano. «Dammi un paio di giorni».

Alzai lo sguardo e incrociai quello del calabrese, che ci stava osservando con curiosità. Non ebbi nessun dubbio che quando l'investigatore fosse uscito dal locale lo scagnozzo di Giuseppe Palamara lo avrebbe pedinato. Andai da Din Don e gli allungai cento euro discretamente. «Cosa devo fare, capo?».

«Menare un tipo».

«Quale?».

Glielo indicai. «Aspetta che si sia allontanato un po'».

«Ma è un bianco!».

«Un bianco che si è comportato male. Non voglio che rimetta piede alla Nena».

«Ci penso io, capo».

Quando Roby De Palma si avvicinò al bancone per salutare il calabrese sgattaiolò fuori. Dopo un po' Din Don ritornò e mi fece l'occhiolino. Entrarono anche dei vecchi clienti che si avvicinarono al banco per lamentarsi del mio buttafuori che aveva preso a pugni un passante apparentemente senza motivo. Offrii da bere e confidai loro che il tizio che le aveva buscate era uno spacciatore e che era stato visto più volte davanti a un liceo che distava qualche centinaio di metri dal locale.

«E allora è stato troppo buono» si lamentò uno. «Doveva spaccargli le gambe, perché se li azzoppiamo tutti si riconoscono più facilmente».

«Spinning, baby, spinning» ordinai a voce alta, richiudendo la porta di casa. Martina spuntò dal buio. Era nuda. Mi prese le mani e se le portò alle labbra.

Quando sprofondò in un sonno ristoratore, da cui non si sarebbe destata fino a che il fisico non glielo avesse permesso, mi spostai nello studio, dove elaborai il video con la confessione di Ylenia trasformandolo in un prodotto sicuro e commerciabile. Ne ricavai anche un breve estratto audio che poteva tornare utile per un primo approccio.

Attesero che arrivassi alla Nena. Poi si avvicinarono a Din Don. Uno gli chiese un'informazione e l'altro gli piantò tre coltellate in pancia. Tecnica da galera. Braccio piegato verso l'alto e affondi veloci. Il buttafuori entrò tamponando le ferite con le mani. Lo feci distendere e ordinai a un cameriere di fermare l'emorragia con una tovaglia.

Il medico del pronto soccorso mi disse che era conciato male e che lo spediva di corsa in chirurgia. Avvertii la madre e tornai al lavoro. Alla polizia raccontai che la sera prima Din Don aveva allontanato un presunto spacciatore. Maghrebino o rumeno, non ricordavo con esattezza. Mentre parlavo con gli sbirri entrò un uomo di Palamara. Probabilmente uno di quelli che avevano aggredito Din Don. Si piazzò a non più di due metri di distanza e ordinò un Fernet. Del mio buttafuori non me ne fregava un beato cazzo, l'avevo usato per impedire che Roby De Palma venisse seguito e identificato, ma i Palamara stavano cominciando a esagerare.

Poi venne il turno di rispondere alle domande dei giornalisti. Mi fecero mettere in posa sul luogo del ferimento in modo da riprendere il selciato macchiato di sangue, e io ripetei la storiella della droga, appellandomi alle istituzioni e alle forze dell'ordine affinché il centro diventasse finalmente un luogo sicuro per i cittadini.

A metà pomeriggio iniziò la processione degli esperti di

security in cerca di un impiego. L'unica domanda che ponevo era: «Mai stato in galera?».

Assunsi l'unico che non aveva avuto problemi ad ammetterlo e a specificare pena e reato. Il locale divenne più pieno e remunerativo del solito. Quando arrivò la notizia che Din Don si sarebbe salvato la comunicai in diretta e Ylenia propose un brindisi a un uomo coraggioso che aveva rischiato la vita per tenere lontani gli spacciatori. Infilai in una busta mille euro e li feci recapitare alla madre di Din Don. L'uomo della 'ndrangheta fu l'ultimo cliente a uscire dal locale.

Avevo deciso di andare da Gemma, ma Martina chiamò quand'ero a metà strada. «Hai bisogno della mia dedizione anche stanotte. Io sono pronta».

Feci il difficile e mi addentrai nel territorio del potere assoluto, la costrinsi a frugare nelle fantasie più recondite per offrirmi qualcosa che mi convincesse a tornare da lei. Riuscì a stupirmi.

«Stanotte stai in panchina» dissi a Gemma.

«Oh, Re di cuori sarò inconsolabile».

Esistono uomini potenti come Sante Brianese. Altri come Giuseppe Palamara. Quello che m'interessava contattare non apparteneva a una categoria ben definita. Il potere lo aveva ereditato e lo aveva saputo gestire con grande abilità, tenendosi lontano dalle grandi ondate di scandali che avevano travolto la classe dirigente italiana e misurando sapientemente la propria esposizione mediatica. Al contrario di molti appariva solo quando aveva qualcosa di importante da comunicare e sempre con estrema educazione e rispetto. Si era costruito la fama di gentiluomo di campagna, anche se aveva case distribuite nei posti economicamente strategi-

ci del pianeta, ed era stato uno dei primi industriali a delo-
calizzare l'industria di famiglia in Romania. Non aveva mai
nascosto le sue simpatie per la destra ma aveva sempre rifiu-
tato gli inviti a scendere in campo. Aveva gentilmente declinato anche quello della Confindustria.

Non avrei saputo spiegare perché lo avessi scelto come
elemento strategico del mio crimine creativo. Da un lato
ero convinto che se uno si comporta con tanta attenzione
significa che è uguale agli altri, è solo più furbo, perché a
certi livelli non arrivi se non sei una vera carogna. Nel
senso positivo del termine, ovviamente. Dall'altro faceva
di tutto per distinguersi, aveva uno stile curato nei particolari, non si adattava alle procedure standard del suo
ambiente e per questo lo sentivo vicino, simile. Ero certo
che ci saremmo intesi.

Roby De Palma fu di parola e mi procurò un appuntamento con un tipo sulla sessantina, dal volto segnato e le
mani rese callose da una vita di lavoro manuale.

«Mi hanno detto di venire qui» disse semplicemente, in
dialetto.

Gli porsi il cd su cui avevo registrato la voce di Ylenia
che scavava la fossa al suo amante. Alcune tracce, giusto
per far capire la qualità della merce.

«Se è interessato, sa dove trovarmi».

Chi non si trovava era Nicoletta. Ma dubitavo che fosse
nelle mani dei Palamara, altrimenti avrebbero tolto l'asse-
dio alla Nena e io sarei stato già defunto dopo aver sputa-
to l'anima.

Si era cacciata in qualche buco a cercare di far quadrare
i conti e a costruirsi un presente decente. Dopo la morte di
Isabel non era stata più la stessa. Una volta di più sperai che
il buco fosse profondo e lontano. Magari all'estero. Nico-

letta non era tipo da monastero ma piuttosto da resort, dove poteva ripulirsi la coscienza con saune, massaggi e scopandosi bei manzi.

«Giorgio, svegliati».

Aprii gli occhi e guardai l'ora proiettata sul soffitto dalla radiosveglia. «Sono le sei. Che cazzo ti passa per la testa?».

«C'è un tizio che è venuto a prenderti» spiegò Martina. «Ma devi fare qualche lavoro al locale?».

«Perché me lo chiedi?».

«Ha un'aria da operaio, idraulico, una cosa così…».

Scattai in piedi. Avevo capito di chi si trattava. Ciabattai fino all'entrata, dove l'emissario del pezzo grosso mi stava aspettando stringendo tra le mani un cappellino di tela con la pubblicità di una nota marca di mangimi.

«Dieci minuti e arrivo».

Non ebbi il tempo di prepararmi come desideravo per un incontro così importante, ma l'effetto sorpresa non era stato casuale. Quando montai nell'utilitaria del tizio toccai per l'ennesima volta la tasca della giacca per assicurarmi che la chiavetta usb con l'intervista a Ylenia fosse al suo posto.

Affrontai con stoica tranquillità un viaggio silenzioso e non brevissimo a causa della bassa velocità di crociera per raggiungere un'enorme tenuta nel basso ferrarese. L'auto attraversò un cancello in ferro battuto che portava a una vecchia villa in fase di ristrutturazione. Vi erano ponteggi ovunque e ordinate pile di tegole e mattoni. Ma quel giorno non c'era nessuno al lavoro. Accanto all'entrata c'era una macchina che avevo visto solo in fotografia. Una Maybach 62s per cui era necessario sborsare oltre mezzo milione di euro. Un dettaglio che mi colpì favorevolmente. Un'auto raffinata e rara in terra veneta. Gli altri ricchi le preferivano rombanti e vistose.

Sulla porta, come d'incanto, si materializzò un'elegante signora sui cinquant'anni, il cui corpo filiforme era contenuto in un severo tailleur nero, i capelli grigi raccolti in un vaporoso chignon.

Mi sorrise e mi accolse con squisita cortesia, chiedendomi di seguirla. Attraversammo una serie di stanze spoglie e polverose per giungere a una lucida porta di quercia che, per la forza che la donna impresse nell'aprirla, doveva celare una robusta blindatura. Entrai in un grande studio arredato in stile ultramoderno con mobili che non avevo mai visto e che contrastavano con la collezione di icone appesa alle pareti.

Venni fermato da un giovanotto con scritto in faccia "ex sbirro" che mi perquisì con professionalità e velocità.

«Perdoni le precauzioni, Pellegrini» disse l'uomo che aveva acconsentito a incontrarmi. «Ma lei è un ex terrorista e io sono stato a lungo nel mirino dei suoi compagni veneti».

«È passato tanto tempo» obiettai a bassa voce.

La guardia del corpo lasciò la stanza e rimanemmo soli. Mi sedetti su una scomoda poltrona di plastica gialla.

«Mi scusi se non le offro nulla, ma questa non è casa mia. Appartiene a una società e l'ho avuta in prestito per qualche ora».

Il messaggio era chiaro: questo incontro non è mai avvenuto e provare il contrario sarebbe impossibile.

Intrecciò le mani bianche e curatissime. «Ho ascoltato il materiale che mi ha fatto avere e le dico subito che non sono interessato a comprarlo né a piazzarlo sul mercato».

"E allora perché cazzo mi hai fatto venire a prendere

alle sei del mattino?" pensai prima di ribattere: «Ma io non voglio venderlo».

«E allora non capisco».

Presi la chiavetta dalla tasca e l'appoggiai sul tavolo. «Il materiale, come lo chiama lei, in realtà è un video ed è molto più lungo, articolato e infinitamente interessante. Io voglio semplicemente metterlo nelle sue mani».

«Si spieghi meglio».

«Come si sarà reso conto, le informazioni riguardano l'onorevole Brianese e il suo vasto giro di clientele e interessi. Purtroppo ormai è incontrollabile e io sono diventato una vittima dei suoi loschi affari».

Raccontai del finto investimento di Dubai e dell'arrivo dei calabresi come risposta al mio tentativo di rientrare in possesso dei due milioni. Parlai di Tortorelli, della sua scomparsa e della persecuzione dei Palamara.

Allungò la mano, prese la chiavetta e la infilò nella porta usb del suo pc. Qualche secondo più tardi dalle casse uscì la voce di Ylenia.

«Queste dichiarazioni sono state estorte con la tortura» constatò con disappunto.

«Avevo perso la testa» mi giustificai. «Comunque tutto quello che dice la signorina Mazzonetto è oro colato».

Seguì la registrazione fino alla fine senza muovere un muscolo. Tolse la chiavetta e me la restituì. «Vede signor Pellegrini, il Veneto si regge su un blocco di potere definito, composto dalle varie associazioni degli industriali, i padanos, il partito in cui milita Brianese e settori responsabili dei sindacati. Nessuno è particolarmente simpatico all'altro, ma sono le reciproche convenienze a cementare la loro alleanza. Mi segue?».

Annuii, ma in realtà non riuscivo a capire che cazzo

c'entrassero tutte quelle menate politiche con i miei soldi e i Palamara.

«La situazione in questo paese è fluida, ma non vi sarà nessun cambiamento in Veneto, per il semplice motivo che nessuno è in grado di modificare la realtà. Non scoppieranno scandali simili a quelli che affliggono questa povera Italia e tantomeno vi saranno inchieste della magistratura. Di nessun tipo. Assisteremo a breve ad aggiustamenti degli equilibri tra i padanos e i loro alleati a causa di problemi interni che svilupperanno una spaccatura nel fronte del Nord, problemi alimentati anche da alcune iniziative giudiziarie che coinvolgeranno dirigenti territoriali per reati finanziari».

«Ora mi sono perso» lo interruppi con un certo disagio. «Non capisco dove vuole andare a parare».

«Le stavo semplicemente spiegando perché Brianese è intoccabile e insostituibile e le posso anche confidare che è destinato a essere nominato ministro».

«Ma io non ho nessuna intenzione di nuocergli» ribattei.

«Allora si è sbagliato quando poco fa ha definito "loschi" gli affari dell'onorevole».

Cambiai rotta all'istante. «Io voglio che continui a frequentare il mio locale. La Nena sarà a sua disposizione per le future campagne elettorali, ma non sono disposto a essere ammazzato per colpa sua e nemmeno a rinunciare al denaro».

«Questo è comprensibile».

Afferrai la chiavetta. «Insomma, le interessa o no?».

«Se lei insiste nella sua intenzione di consegnarla nelle mie mani, quantomeno per cortesia sono costretto ad accettarla» spiegò. «L'uso che ne farò non la riguarda in nessuna maniera».

Si mise a lavorare al computer e io rimasi seduto come

un fesso. Mi alzai, bofonchiai un saluto e uscii dalla stanza dove trovai la tizia con lo chignon che mi riaccompagnò alla macchina come se fossi il re di Spagna.

A un certo punto non riuscii più a sopportare quel viaggio lento e silenzioso. «Ma è sempre così stronzo?» sbottai.

Il tizio scoppiò a ridere di gusto. «Il suo papà era peggio» mi confidò in dialetto.

Ero così furibondo e umiliato che non andai al lavoro e mi tenni lontano da Martina e da Gemma perché sapevo di essere pericoloso. Montai in auto e guidai senza meta da una provincia all'altra, attraverso un reticolo infinito di bretelle, autostrade, ponti e cavalcavia. Ogni tanto mi fermavo a guardare il panorama o il traffico. Avevo frequentato il liceo e un po' di università. Ero cresciuto in una famiglia di una certa cultura. Insomma non ero un coglione patentato, ma era così che mi sentivo perché non riuscivo a capire il senso dei messaggi che mi aveva lanciato quel tizio che avevo tanto ammirato, ma che in quel momento avrei voluto prendere a calci in culo.

Squillò il cellulare. Numero sconosciuto. «Sono Nicoletta. Ho saputo che volevi parlarmi».

«Sì. C'è certa gente che ti sta cercando. Devi assolutamente sparire».

«Mi devo preoccupare?».

«Alla grande. Se ti beccano sei morta».

«Non sono ancora pronta. Ho bisogno di qualche giorno».

«E allora vuol dire che ti darò la caccia anch'io perché non mi posso permettere che tu apra bocca».

Si spaventò. «Ho un amico in Nuova Zelanda. Partirò domani stesso».

«Ricontattami tra sei mesi e ti dirò se tornare o meno».

Avevo fatto bene a lasciarla vivere? Non era stato saggio, ma le condizioni della sua sopravvivenza erano state poste dalle dinamiche del crimine creativo. Partecipare al suo funerale era l'ultima cosa che potessi permettermi in quel momento. E non potevo nemmeno scavare un'altra fossa nel piccolo cimitero ospitato nella tenuta di Brianese.

Alla fine di un giorno noioso Ylenia si presentò con una borsa per la spesa in tela ecologica, piena di banconote. «Cinquantamila al mese fino all'estinzione del debito».

«È successo qualcosa che non so?».

«È una decisione di Sante» rispose. «Poi ti chiederò la cortesia di prepararmi un menu e un preventivo per una festa di fidanzamento».

«E chi è la fortunata?».

«Sono io».

«E lui?».

«Si chiama Franco, non lo conosci».

«E da dove salta fuori?».

Mi disse dove lavorava e compresi tutto. «Un'altra decisione di Sante, eh?».

«Per il mio bene» mentì a entrambi.

Non riuscivo a capire perché l'uomo di potere a cui avevo affidato i segreti dell'avvocato avesse deciso di unire in matrimonio Ylenia e un suo collaboratore, ma di certo non mi nuoceva. Anzi, quei primi cinquantamila erano un segno evidente che Brianese era stato caldamente consigliato a riconsiderare le mie legittime richieste.

Guardai i due calabresi che si stavano abbuffando di stuzzichini e prosecco a mie spese. Non c'era verso di liberarsene.

Dovetti attendere ancora qualche mese. Poi, finalmente, vidi in televisione i Palamara in manette mentre venivano portati in galera. Giuseppe fissò l'obiettivo con fiero disprezzo.

Uno dei giudici che aveva condotto le indagini parlò chiaramente di intrecci tra la 'ndrangheta ed esponenti politici lombardi. Uno degli arrestati era stato identificato come un importante collettore di voti.

La prova definitiva che era cessata la persecuzione dei calabresi fu che da quel giorno non si fecero più vedere. Non potevo essere certo che Giuseppe si sarebbe dimenticato del sottoscritto e dell'umiliazione che gli avevo inflitto con il crimine creativo, ma aveva ben altri problemi, al momento.

Alla fine di un giorno noioso La Nena si riempì di tanta bella gente per festeggiare la nomina a ministro di Sante Brianese. L'uomo di potere aveva previsto tutto nei minimi particolari. I padanos non avevano saputo sfruttare la vittoria e ora avevano qualche seria rogna interna da grattarsi. L'avvocato stava tornando in auge ma la prestigiosa carica di governo lo allontanava irreparabilmente dal Veneto e qualcun altro avrebbe gestito la sua rete di affari. Anche la politica era un crimine creativo. Ne rappresentava l'eccellenza. Io ne ero escluso, ma avevo deciso di non abbandonare il campo. Ero nato per fottere il prossimo e mi piaceva maledettamente. Mi faceva sentire vivo. Avevo la netta sensazione di aver assorbito l'energia vitale di quelli che avevo eliminato, ma forse era solo l'euforia del vincitore o di chi ha portato a casa la pelle e ancora non ci crede. Ora dovevo guardarmi attorno e costruire nuovi legami, alleanze, complicità. E crescere un politico. Fargli usare La Nena come trampolino di lancio e seguirlo in tutta la trafila: comune, provincia, regione. Non mi serviva un astro nascente, come Brianese dieci anni prima, ma un abile mediano.

La signora Ombretta Marenzi in Brianese si staccò dal marito e mi raggiunse. Mi fissò con aria sorniona e continuò a bere a piccoli sorsi. L'alone di rossetto sul bicchiere sembrava sangue fresco e lei una bella vampira che aveva appena banchettato.

Svuotò la flûte con un sorso e me la porse come se fossi un cameriere. Un gesto poco carino per una signora. «Quella villa nella campagna ferrarese appartiene alla mia famiglia da tre generazioni» svelò con malcelato piacere sapendo che la notizia mi avrebbe sorpreso non poco. «E quel signore che ha incontrato è stato mio compagno di giochi d'infanzia».

«Allora è stata sua l'idea del matrimonio di Ylenia».

«Diciamo che ho voluto garantirle un futuro decisamente infelice».

Spostai lo sguardo verso Brianese. «Ma così ha fregato anche suo marito».

Sbuffò. «Ha tanti pregi, ma è rimasto un insaziabile parvenu. A Roma farà meno danni».

«Alla fine siete sempre voi che rimettete a posto le cose, vero?».

«A chi si riferisce, signor Pellegrini?».

«Alle grandi famiglie. A quelle che contano. A quelle che hanno sempre comandato. Proprio per questo mi sono rivolto al suo amico dei bei tempi andati» risposi in tono irriverente.

Ombretta si guardò bene dal ribattere e mi voltò le spalle per accettare con sussiego i complimenti del capo dei vigili urbani.

Lo champagne scorreva letteralmente a fiumi e quella volta non avevo offerto nemmeno uno stuzzicadenti. A metà serata mi piazzai in un angolo del bancone a bere un bicchiere in santa pace. Brianese sprizzava felicità, Ylenia era abbracciata al suo nuovo amore, Martina e Gemma chiacchieravano con amici e conoscenti.

Per loro due avevo grandi progetti. Una quotidianità divisa tra moglie e amante sarebbe stata una vera assurdità, una convivenza a tre la soluzione perfetta. Quella stessa notte avrei detto a mia moglie che non era una donna completa perché non aveva un'amichetta con cui fare regolarmente sesso. Avrei condito il tutto con perle di saggezza della controcultura degli anni Sessanta. "Free Love". «Libera l'amore che è in te» le avrei sussurrato accarezzandola tra le cosce. Forse l'idea l'avrebbe spaventata, all'inizio, poi avrebbe accettato la nuova situazione inserendola nella complessità di un grande amore qual era il nostro.

Con Gemma tante chiacchiere non sarebbero servite. Re di cuori ordinava e lei obbediva con autentico entusiasmo. Avrei preparato per entrambe un piano di attività destinate a tenerle in forma, ma prima la nostra amica avrebbe dovuto sottoporsi a una serie di ritocchi chirurgici.

Salutai una mercante d'arte a cui avevo ordinato un quadro della mia amata Grace Slick. Le indicai la parete che avevo scelto, scattò una foto col cellulare per scegliere la cornice e tornò a mescolarsi agli altri invitati.

Quando le avevo mostrato il dipinto su Internet aveva commentato che le sembrava un po' troppo "flower power" per armonizzare con l'arredamento della Nena.

«Io sono quello al centro col cappello che corre sul prato» avevo ribattuto indicando un particolare dell'opera.

Lei aveva blaterato qualche fregnaccia sul metamessaggio insito nell'acquisto del quadro, poi mi aveva chiesto come intendessi pagare. Quando le avevo mostrato del denaro contante si era illuminata e aveva perdonato il mio presunto cattivo gusto.

L'opera della mia Grace, piazzata strategicamente di fronte alla cassa, mi avrebbe aiutato a iniettare stimolante e feconda immaginazione nella vena del crimine creativo, a cui mi sarei dedicato con regolarità.

Non mi sarei più impegolato in attività come il giro di puttane, che comportavano una struttura e l'organizzazione di una logistica dedicata. "Flessibilità", ecco la parola d'ordine della creativa economia locale. Tradotto per il mio settore, significava dedicarsi a rapinare il denaro contante frutto della corruzione. Attività che avrebbe portato immediatamente a un abbattimento dei rischi d'impresa, eliminando denunce e relative indagini di polizia e magistratura.

Tra gli invitati si aggirava un signore elegante arrivato da poco in città. Era a capo di una holding che truffava le aziende in bancarotta. Ylenia mi aveva svelato che, in cambio del quindici per cento del debito saldato in banconote fruscianti, il tizio fingeva di acquistare le aziende promettendo di sanarle, e invece intestava gli immobili a società straniere, intascava i soldi e abbandonava gli imprenditori al proprio destino. Ai fessi veniva spiegato che il meccanismo che li avrebbe salvati dai creditori, dalle banche e dal fisco aveva connotati giuridici riassumibili nel termine: "manleva".

Un'improvvisa intuizione mi aveva consigliato di tagliare dall'intervista alla segretaria di Brianese queste informazioni, e avevo fatto bene, dal momento che lo stronzo si aggirava per il mio locale a caccia di vittime.

Bastava che ne intortasse una perché si spargesse la voce che alla Nena dovevi guardarti le spalle. Ma non sarebbe accaduto. Lo avrei ripulito per bene e spedito in galera. Non perché disdegnassi l'idea di stenderlo secco, ma perché erano troppe le persone coinvolte, non si poteva certo ammazzarle tutte. Avrei lasciato volentieri il merito di averli tolti dalla circolazione ai carabinieri. Il piano era ancora una nebulosa di immagini e pensieri, l'ispirazione sarebbe arrivata con le informazioni che stavo raccogliendo.

Agganciai lo sguardo del tizio e lo salutai alzando il calice. Poi uscii dal bancone e gli andai incontro mostrando deferenza.

«Non c'è nulla di meglio di una flûte di champagne per ritemprarsi alla fine di un giorno noioso» dissi mentre gli porgevo il bicchiere.

«Lei è il proprietario?».

«Sì, La Nena è il mio regno e io sono Giorgio Pellegrini».

NOTA SULL'AUTORE

Massimo Carlotto è nato a Padova nel 1956. Scoperto dalla scrittrice e critica Grazia Cherchi, ha esordito nel 1995 con il romanzo *Il fuggiasco*, pubblicato dalle Edizioni E/O e vincitore del Premio del Giovedì 1996. Per la stessa casa editrice ha scritto, oltre ad *Arrivederci amore, ciao* (secondo posto al Gran Premio della Letteratura Poliziesca in Francia 2003, finalista all'Edgar Allan Poe Award nella versione inglese pubblicata da Europa Editions nel 2006), i romanzi: *La verità dell'Alligatore*, *Il mistero di Mangiabarche*, *Le irregolari*, *Nessuna cortesia all'uscita* (Premio Dessì 1999 e menzione speciale della giuria Premio Scerbanenco 1999), *Il corriere colombiano*, *Il maestro di nodi* (Premio Scerbanenco 2003), *Niente, più niente al mondo* (Premio Girulà 2008), *L'oscura immensità della morte*, *Nordest* con Marco Videtta (premio Selezione Bancarella 2006), *La terra della mia anima* (Premio Grinzane Noir 2007), *Cristiani di Allah* (2008), *Perdas de Fogu* con i Mama Sabot (Premio Noir Ecologista Jean-Claude Izzo 2009) e *L'amore del bandito* (2010).

I suoi libri sono pubblicati in vari paesi.

Massimo Carlotto è anche autore teatrale, sceneggiatore e collabora con quotidiani, riviste e musicisti.

I N D I C E

tascabili

Finito di stampare il 6 maggio 2013
presso Arti Grafiche La Moderna
di Roma